Elsemarie Maletzke

Giftiges Grün

Ein Gartenkrimi

Schöffling & Co.

Erste Auflage 2013

Einbandfoto: Ricinus communis 'Apache'
Foto: Marion Nickig
Satz: Fotosatz Amann, Aichstetten
Druck & Bindung: CPI Moravia
ISBN 978-3-89561-598-6

www.schoeffling.de

Giftiges Grün

Sie sahen sich auf der Beerdigung, aber der Blick, den die beiden Männer wechselten, verriet nur, dass sie sich kannten. Er hatte nicht gewusst, dass Rose so viele Freunde gehabt hatte, und staunte über die Menge der schwarz Gekleideten. Sogar das kleine Fräulein mit den Froschaugen war gekommen. Es regnete an diesem Freitag im September, und hinter dem Sarg wallte ein Zug von Schirmen her, aber als der Sarg hinabgelassen wurde und der Pastor die Aussegnung sprach, hörte der Regen auf. Alle klappten ihre Schirme zusammen und standen barhäuptig unter den tropfenden Bäumen. Danach gingen sie stumm an der offenen Grube vorbei; jeder nahm eine weiße Rose aus der Schale, die neben dem Grab stand, und warf sie auf den Sarg. So hatte sie es sich gewünscht. Das kleine Fräulein blieb einen Moment länger stehen und schaute mit gefalteten Händen in die Tiefe. Es gab keine Leidtragenden, denen man kondolieren konnte, es sei denn, er hätte sich selbst in die erste Reihe gestellt.

Er blieb nicht, bis alle vorbeidefiliert waren, so lange konnte er nicht stehen, und wandte sich in der Menge wieder dem Ausgang zu. Auf dem Kiesweg zwischen den Gräberreihen gab es Gedränge und er wurde von einem Mann mit einem Regenschirm angerempelt; die Spitze traf ihn schmerzhaft am Knöchel.

»Ein Flegel, wie immer«, sagte er und drehte sich zu ihm um.

»Hallo, mon vieux«, erwiderte der andere. »Wie gehen die Geschäfte?«

»Besser als deine.«

Der andere lachte.

»Irrtum. Ich bin mit dem Abschluss sehr zufrieden. Am Ende bekommt jeder, was er verdient.« Er sah ihn an, als wolle er noch etwas hinterherschicken, drehte sich dann aber grußlos um und verschwand zwischen den abwandernden Trauergästen.

Er wollte noch einmal nach Buchfinkenschlag fahren und nahm die Schnellstraße über den Rhein und zur Grenze. Zwei Stunden später parkte er neben dem Tor. Ein mit Bauschutt beladener Lastwagen kam ihm entgegen. Hinter dem Wagen wickelte ein Mann mit gelbem Sicherheitshelm eine Kette um die Gitterstäbe des Tores. Es war Freitagnachmittag. Feierabend. Er sah, dass das Dach schon neu gedeckt war, ein großer schwarzer Flügel aus Schieferschuppen, der sich um den kleinen runden Turm in der Mitte schmiegte. Die Fassade war eingerüstet.

Er bückte sich steif, schob sich unter der nachlässig geschlungenen Kette zwischen den Torflügeln durch und ging langsam die Auffahrt entlang. Er hätte sich etwas zu trinken mitnehmen sollen. Aber Marie war sicher zu Hause und er konnte später bei ihr ein Glas Wasser oder einen Kaffee trinken. Und auch das Badezimmer benutzen.

Er öffnete den Mantel, weil ihm warm geworden war, stieg, gestützt auf seinem zusammengerollten Schirm, die Freitreppe hinauf und trat durch die offene Tür in die Vorhalle. Es roch nach feuchtem Putz. Als er diesen Ort das letzte Mal gesehen hatte, lag die Halle in Trümmern. Jetzt war der Schutt weggeräumt, die Decke abgestützt. An der Marmortreppe wurde gearbeitet. Die Erinnerung überfiel ihn zusammen mit einem kurzen Schwindel. Sein Herz klopfte stark. Hier drinnen war ihm nicht wohl; er musste an die frische Luft; sich vielleicht im Park unter einem Baum erleichtern. Schrecklich, dass er nicht mehr so gut zu Fuß war und nun mit hastigen kurzen Altmännerschritten durch die Halle und zum Hinterausgang strebte. Von dort war es nur noch ein kurzer Weg durch den Hof bis in den Garten.

Als er das Wegekreuz erreicht und sich auf den Sockel der Sonnenuhr gesetzt hatte, merkte er, dass er nicht mehr Herr über seinen Körper war. Eine würgende Übelkeit peinigte ihn und seine Beine zuckten unkontrolliert. Wenn er jetzt aufstand und stürzte, würde er nicht wieder hochkommen. Es war der falsche Entschluss gewesen, so weit hinter das Haus zu gehen, anstatt im Dorf Hilfe zu suchen. Sein Herz raste. Ein Schmerz, als würde sich sein Inneres verflüssigen, wühlte durch seine Eingeweide. Er spürte, dass er nichts mehr bei sich behalten konnte, stemmte sich auf den Schirm und stand auf. Es kam wie eine Explosion. Der Durchfall floss ihm an den Beinen hinunter; zugleich krümmte ihn der Brechreiz. Für Scham war es zu spät; Angst trieb ihn auf den Weg. Er schaffte es bis zum Gartentor und dem Spalier der weißen Rosen. An ihrem Fuß brach er zusammen. Die Bauarbeiter fanden ihn dort am Montagmorgen.

Linas Onkel Heinrich Weil war als armer Mann gestorben. Schon vor der Testamentseröffnung wusste sie, dass er ihr, ihrem Bruder Karl und einem Vetter, den sie kaum kannte, nicht viel mehr als seine alten, aber wertlosen Möbel hinterlassen würde. Seine letzten Jahre hatte der Onkel allein und jede Gesellschaft, bis auf flüchtige Besuche, ablehnend, in einer Zwei-Zimmer-Mansarde am Rand einer Kleinstadt gelebt. Im Sommer roch es bei ihm nach heißer Dachpappe, im Winter wuchsen Eisblumen am Fenster.

Lina kannte von dieser Wohnung nur einen dunklen, mit Kartons zugestellten Flur und das kleine Wohnzimmer mit Kohleofen und einer Chaiselongue, über die eine Wolldecke gebreitet war. Am Fenster stand ein Lehnsessel mit Plastikschonbezügen über den Armlehnen, von dem Onkel Heinrich auf die Dächer seiner Nachbarn blicken konnte und darüber hinaus auf eine Nussbaumallee, die schnurgerade hügelan zu den buschigen Kronen des Waldes führte, den der alte Mann nur noch an guten Tagen erreichte. Unten im Haus war die Metzgerei, in der er jeden Mittag, an einem kleinen runden Tisch stehend, das Tagesmenu aß, Gulasch mit Klößen, Bratwurst mit Rotkraut, Rindsroulade mit Salzkartoffeln. Die Speisekarte wechselte selten, und im ganzen Haus roch es nach Soße.

Außer dem Sessel und der Chaiselongue stand im Wohnzimmer ein Buffet, hinter dessen Glastüren alte Wild-und-Hund-Kalender gestapelt waren und drei Weingläser mit grünem Stiel standen. Die Gläser stammten aus einer anderen Zeit, als der Onkel mit einer Frau, die Lina Tante Rose genannt, die aber, wie man ihr zu verstehen gegeben hatte, nicht wirklich mit den Weils verwandt war, in einer Villa nahe der französischen Grenze gelebt hatte. Die Villa hieß Buchfinkenschlag wie das Dorf, zu dem sie gehörte, aber was zuerst da war, wusste sie nicht.

Als kleines Mädchen war ihr Buchfinkenschlag mit seinem schiefergedeckten Turm mitten auf dem Dach und den bunten Fensterscheiben unfassbar alt und märchenhaft erschienen. Von ihren Besuchen dort waren ihr polierte Fußböden und Türknäufe, die sie nur auf den Zehnspitzen erreichen konnte, in Erinnerung geblieben, ein Tor mit kauernden Löwen auf den steinernen Pfosten, ein Baum, aus dem ihre Schaukel hing und ein blau gestrichenes Bassin mit sehr kaltem Wasser, in dem der Onkel sie tauchen und schwimmen lehrte.

Sie reiste immer allein nach Buchfinkenschlag, weil sie alt genug war und Karl noch ein Baby, mit einem Handkoffer und ihrer Fahrkarte an einem Bändel um den Hals. Am Bahnhof der Kreisstadt holte Onkel Heinrich sie mit dem Auto ab und auf der Fahrt durfte sie vorne sitzen, ein Platz, der in der Familie sonst ihrer Mutter zustand. Lina hatte mit den Kindern aus dem Dorf am Schwimmbassin gespielt und war auf dem Tennisplatz Federbällen nachgerannt. Sie erinnerte sich auch an einen großen Jungen in einer grünen Gärtnerschürze, der für sie mit der Harke die Zweige des Kirschbaums herunterzog. Aber die meiste Zeit war sie mit Onkel Heinrich, der immer Ferien zu haben schien, aus dem Löwentor hinaus und über Land gewandert. In seinem Rucksack trug er die Wegzehrung, eine Flasche Kakao und in einer Aluminiumdose Butterbrote mit Rührei, das er am Morgen gebraten und kalt gestellt hatte.

Onkel Heinrich machte gern alles selbst. Er konnte auch gut Dornen aus den Fußsohlen ziehen, lange unter Wasser bleiben, mit zurückgezogener Unterlippe das Wiesel nachmachen und auf einem zwischen die Daumen gespannten Grashalm blasen, ein Geräusch, das angeblich Rehe anlockte, jedoch nie wenn die kleine Lina dabei war. Auf ihren Wanderungen sangen sie im Gleichschritt ein Jägerlied, das darauf hinauslief, dass ein harter Mann, der den Adler auf der Klippe Horst und die Ente auf dem See geschossen, auch die Liebe einst gespürt habe. Dies konnte kein anderer als Onkel Heinrich selbst gewesen sein. Er erfreute Lina auch mit Anekdoten aus einem Leben, in dem es auf gute Manieren nicht so ankam; von Treibjagden, bei denen Bankdirektoren zu Schaden gekommen waren, weil man sie für Wildschweine gehalten, und von kapitalen Hirschen mit vielen Enden, die er selbst im wilden Forst erlegt hatte, er, der wegen seiner Brille eigentlich gar kein Gewehr tragen durfte. Und es trotzdem tat.

Aus einem Grund, über den in der Familie Weil niemand Bescheid zu wissen schien, war Tante Rose, die meist nur als Heinrichs Frau Erwähnung fand, aus Linas Leben verschwunden und mit ihr die Villa, der Kirschbaum, die Schaukel, das Schwimmbassin und die Wanderungen. Die Veränderung wurde erst kurz vor den nächsten Sommerferien bekannt gegegeben, als Lina die Herrlichkeiten von Buchfinkenschlag schon vorausspürte. Plötzlich hieß es, die Reise sei abgesagt, und wenn sie Onkel Heinrich unbedingt besuchen wolle, müsse sie mit seiner neuen Adresse und der Mansarde vorlieb nehmen. Aber der Onkel hatte seine Nichte nie mehr eingeladen.

Der Verlust war so unfassbar, die Erklärungen so dürftig, dass Lina geglaubt hatte, Buchfinkenschlag sei abgebrannt oder Tante Rose sei gestorben und die Erwachsenen hätten ihr diese Vorgänge verschwiegen. Als junges Mädchen hatte sie Besseres zu tun gehabt, als einer verschwundenen Verwandten nachzugrübeln, und später waren alle Versuche, dem Onkel etwas darüber zu entlocken, an schmalen Lippen und wegwerfenden Handbewegungen gescheitert, als sei die Vergangenheit eine Jacke, deren er sich entledigt hatte. Was war aus Buchfinkenschlag geworden? Es stand noch. Wer wohnte darin? Es interessierte ihn nicht. Warum war Tante Rose weggegangen und wohin?

»Das muss dich nicht kümmern«, sagte Onkel Heinrich und »weg mit Schaden«. Lina hatte gelernt, nicht impertinent zu sein. Nun würde sie es nie erfahren.

Klärende Gespräche waren im Hause Weil nicht üblich. Linas Vater, ein verschlossener Mann mit einem schwachen Herzen, den niemand je nach seiner Meinung gefragt hatte, war bei der Übertragung eines Fußball-Länderspiels vor dem Fernsehapparat gestorben, als die glücklose deutsche Mannschaft ein 4:0 kassierte. Lina war zwölf und behielt sein großes Schweigen in Erinnerung. Ihrer Mutter Berta, einer leidenschaftlichen Gärtnerin, erschien alles bedrohlich, das als Meinungsverschiedenheit oder Zwist daherkam. Sie war eine rundliche alte Dame von selbstzufriedenem Temperament und etwas Humor, aber vollkommen unbeeindruckt von anderer Leute Sorgen. Inzwischen sprach sie lieber mit den Rotkehlchen als mit ihren beiden erwachsenen Kindern.

Die Gläser mit dem grünen Stiel, die Onkel Heinrich aus dem Buffet holte, wenn Lina und Karl ihn besuchten, waren die einzigen Erinnerungsstücke an Buchfinkenschlag. Er trug sie aus dem Zimmer und brachte sie gefüllt auf einem Tablett zurück. Dann prosteten sie sich mit dem lauwarmen Weißwein zu und wussten nicht, wo sie sich hinsetzen sollten, denn die Chaiselonge mit der Wolldecke war auch das Bett des Onkels, dessen Privatheit sie nicht verletzen wollten, und im Sessel war eben nur für einen Platz. Die Küche und das zweite Zimmer hatten sie nie betreten.

Und nun hatte sich der Onkel verabschiedet, im Tod so allein, wie er gelebt hatte, unwirsch die Hilfe zurückweisend, die ihm eine Pflegekraft anbot. Die Bettpfanne, den feuchten Waschlappen, das klein geschnittene Marmeladenbrot nicht ertragend, hatte er sich im Sessel vornüber gebeugt und war gestorben.

Seine Hauswirtin, eine Frau Kerz, die im Stockwerk unter ihm wohnte, hatte, so stellte sich nun heraus, nicht auf bestem Fuß mit ihm gestanden. Zu entschieden hatte der alte Jäger auf der Unverletzlichkeit seiner Reviergrenzen beharrt; ihr immer schon auf der Treppe die Sicht und den Zugang zu seiner Wohnung versperrt. Niemals war Frau Kerz bis in den Flur, schon gar nicht bis ins Wohnzimmer vorgedrungen, was sie nun, da die Erben seine Habseligkeiten zusammenräumen wollten, nachholte und mit Seufzen und Kopfschütteln die Tapeten und das Stragula musterte. Karl schickte sie weg. Sie warteten noch auf einen Herrn Eilemann, und sie möge so gut sein, ihm auf sein Klingeln die Haustür zu öffnen.

»Von mir aus braucht er nicht zu kommen«, sagte Lina. Sie hatte den Vetter Horst Eilemann, den Sohn von Onkel Heinrichs Schwester Tilly, als einen verqueren Menschen in Erinnerung, der kaum von etwas anderem sprach als dem Unrecht, das andere ihm ständig zufügten; dies aber lachend und hämisch, als habe er es gerade so verdient.

Es war Sommer; in der Mansarde roch es nach Staub und Dachpappe. Durch das Fenster sah Lina auf die in der Sonne glänzende Nussbaumallee, die den Hügel zum Wald hinaufführte, und hoffte, dass auch der Onkel sie mit einem Blick erfasst hatte, ehe er in seine ewigen Jagdgründe eingegangen war.

»Nimmst du das Wohnzimmer?«, fragte Karl wie ein Altertumsforscher, der sich mit seiner Kollegin an einer Weggabelung in einer ägyptischen Pyramide beratschlagt. Ihr Bruder betrieb ein Antiquariat und Lina wusste, er hatte es auf das Buffet abgesehen, von dem er hoffte, dass es noch Interessanteres barg als die Wild-und-Hund-Kalender.

»Ja, geh nur«, sagte sie, »ich schau erstmal hier rein.« Sie klinkte die Tür des zweiten Zimmers auf. Durchs Fenster fiel Sonnenlicht in Bahnen auf ein Stück Stragula, unter dem sich die Dielen abzeichneten, auf Kartons und gestapelte Stühle, einen Kleiderschrank mit geschweiftem Giebel, Matratzen, die hochkant an der Wand lehnten, ein abgeschlagenes Bett aus glänzendem Mahagoni und einen Tisch, auf dem eine hölzerne runde Platte stand.

Ungerufen stellte sich das Bild einer Frühstückstafel ein, auf der sich diese Platte wie ein langsames Karussell drehte, das Gelee und Brötchen in einem wie aus Silber gefalteten kleinen Korb zu ihrem Platz fuhr. Hoch oben an der Zimmerdecke wiederholte sich das Rund der Platte in einer Früchtegirlande aus buntem Stuck. Tante Rose saß darunter, eine schlanke Erscheinung mit schwarzem, hochgestecktem Haar und geraden Augenbrauen. Sie sah ungefähr so aus wie auf dem Bild, das im Salon hing und das Lina für eine Darstellung von Schneewittchen ohne die Zwerge hielt.

Linas Erinnerung an Tante Rose war nicht sehr ausgeprägt. Anders als der Onkel tat sie nichts, was ein Kind interessierte. Sie achtete darauf, dass die

Kleine das Besteck richtig hielt und mit der Gabel zierliche Bissen zum Mund führte. Die Katze der Köchin hatte Hausverbot, und als Lina sie hereinschleppte, wurde sie von der Tante getadelt. Tiere waren unreinlich. Manchmal sprach sie Französisch mit Onkel Heinrich, den sie Henri nannte, manchmal ging sie durch den Garten, schnitt Blumen ab und legte sie in einen Henkelkorb.

Am Fenster stand der Onkel und erklärte Lina die Bäume im Park: eine Eibe, die hübsch mit glasig roten Beeren besteckt war. Warum durften nur die Amseln sie pflücken? Weil sie giftig waren und kleine Mädchen sterben mussten, wenn sie davon naschten. Eine Blutbuche. Konnte sie bluten? Eine Trauerweide. Warum war sie denn traurig? Ein Blauglockenbaum, dessen braune Früchte wie Vogelschnäbel aufgesperrt waren und klapperten. Schau, Linchen, ein Eichelhäher; die Polizei im Walde. Fing er die Räuber? Aber nein, er warnte nur die anderen Tiere, wenn Gefahr im Verzug war und hatte dem Onkel sogar eines seiner blauschwarzen Federchen für sein Hutband geschenkt. Die Erinnerung an ihn, der allein und unwirsch gestorben war, stieg wie dunkles Wasser in ihr auf.

An der Wand neben der Tür hing ein Waschbecken, in dem die Tropfen des undichten Hahns eine rostrote Spur eingeätzt hatten. Auf dem Spiegel darüber klebten weiße Sprenkel von Zahnpasta oder Rasierschaum. Das war also sein Bad, ein Wasserhahn zwischen ausgedienten Möbeln und Kartons. Sie klappte die Pappdeckel auf, sah Stapel alter Zeitungen, darunter Ledereinbände. Vielleicht war etwas für Karl dabei.

Dann wandte sie sich dem Kleiderschrank zu und zog die Türen auf. Wenn Karl dabei gewesen wäre, hätte sie einen passenden Laut der Überraschung geäußert oder wäre zurückgewichen. So stand sie nur still und hielt den Atem an. Im Schrank war alles anders. Auf den Borden lagen Stapel weißer Damasttücher, die in den Knickfalten vergilbt waren, schmalere, mit blauem Band umwickelte Packen von Servietten, silberne Kerzenständer, feines weißes Geschirr mit Rosenmuster, die Teekanne, die Zuckerdose und das Brotkörbchen, die sich mit dem Frühstückskarussell gedreht hatten, und zu Bündeln geschnürt das große Besteck; silberne Messer, so lang wie ein Kinderunterarm.

Auf dem obersten Bord lagen ein abgegriffener und ein neuer Herrenhut; auf der Stange hingen Onkel Heinrichs waldfarbene Anzüge, sein Wintermantel und dazwischen etwas Rotes. Sie griff hinein und zog es samt dem Bügel heraus. Es war ein Sommerkleid aus schwarzer Seide mit Klatschmohnblüten, schmal und fließend mit halblangen an den Schultern gekrausten Ärmeln und stoffbezogenen Knöpfen. Lina hielt es unters Kinn, drehte sich zum Spiegel und schaute still eine Weile hinein. So etwas würde sie nie tragen. Du siehst furchtbar aus, sagte sie in Gedanken.

Mit diesem stummen Satz hatte sie ihr Abbild begrüßt, seit sie es mit dem anderer kleiner Mädchen vergleichen konnte. Sie war blass und sommersprossig, ihr Gesicht dreieckig mit kleinem Kinn und kleinem Mund, einer Stupsnase und großen, vorstehenden blauen Augen. Sie hatte das Wort Augäpfel immer verabscheut, weil es sie so sehr an ihre eigenen erinnerte; helle Halbkugeln, die aus den Höhlen zu treten schienen. Karl hatte das schöne Haar und die gerade Nase der Weils geerbt. Er trug Hawaiihemden – heute blaue Papageien auf gelbem Grund – und ein tätowiertes Pik As auf dem Unterarm. Doch Lina war von einer dreizehnten Fee mit einem dünnen Blondschopf und diesen grotesken Augen bedient worden. Ihre Figur war klein und proper, aber sie zog es vor, sich in zweckmäßige Stoffe und ungefährliche Farben zu hüllen. Inzwischen hatte ihre Mutter aufgehört, sie ihren kleinen Kobold zu nennen, und mit vierzig war Lina besser gewappnet als mit vier, wenn auch nicht lückenlos, was dazu führte, dass sie nicht jeden Spaß verstand und ihrerseits von anderen nicht immer verstanden wurde, die ihre Ironie etwas herb fanden.

Sie ließ das Seidenkleid sinken und fühlte mit der Enttäuschung die Gier aufsteigen. Nicht nur auf das

Kleid, sondern auf all die schönen Dinge, die der Onkel im Schrank wie ein Geheimnis aufbewahrt hatte. Hier hatten sie auf Lina als ihrer neuen, rechtmäßigen Besitzerin gewartet. Karl mochte einen Leuchter und die Hälfte des Bestecks haben, doch der Vetter Eilemann, den man jede Minute erwartete, musste auf jeden Fall ausgeschaltet werden. Sie stülpte einen Karton um, faltete die Zeitungen auseinander, griff in den Schrank und begann schnell zu packen, nahm das Silber und die Kerzenständer, hob das Porzellan von den Borden, schlug es in Papier ein und bettete es nebeneinander, die steifen Tischdecken darüber, die Serviettenbündel in die Ecken, fühlte sich befriedigt und schändlich zugleich, wie sie die Dinge, die so lange unverrückt nebeneinander gestanden hatten und deren innere Verwandtschaft nur der Onkel kannte, auseinanderriss und plünderte. Zum Schluss nahm sie das Seidenkleid vom Bügel und ließ es in den Karton gleiten.

Karl öffnete die Tür. »Unser Vetter ist da.« Man hörte seine Stimme bereits im Flur. Die Hausbesitzerin Kerz hatte einen weiteren Versuch unternommen, in die Wohnung ihres ehemaligen Mieters vorzudringen. Die laute Rede war von Rückständen, einer Sauerei und Renovierungskosten. Vetter Eilemann, in dem auch Onkel Heinrichs Gene kreisten, blaffte zurück, das werde man ja sehen; er werde einen Rechtsanwalt einschalten.

Der dritte Erbe erschien in einem blauen Blazer mit Goldknöpfen und hatte wegen des beabsichtigten Eindrucks, ein vielbeschäftigter Mann zu sein, der sich nur kurz einer privaten Angelegenheit widmen konnte, den Schlips gelockert. Neben einem Diplomatenköfferchen trug er nur einen kleinen Stoffbeutel mit dem Aufdruck eines Reformhauses. Sehr bald stellte sich heraus, dass er weder an Büchern noch Besteck interessiert war, sondern an der Münzsammlung seines Onkels. Karl, der auf einem Karton wie Captain Hook auf dem Schatzkoffer saß, gab ihm mit großer Geste zu verstehen, dass er keine Einwände erhebe, Lina nickte Zustimmung und der Vetter machte sich rasch und gründlich an die Fahndung.

Lina glaubte, dass er gern etwas Ungünstiges über die ärmliche Wirtschaft gesagt hätte, dass ihn aber ein Rest Genierlichkeit zurückhielt, und er deshalb um so heftiger an den Schubladen riss und die Schiebetüren des Buffets zurückschmetterte. Die Münzen waren bald gehoben. Vetter Eilemann gestattete sich nur einen kurzen Blick auf die Plastikfächer des Albums, als wolle er verhindern, dass goldene Taler und Dublonen seinen Miterben in die Augen stachen, steckte den Band ein und schulterte den Beutesack.

»Möchtest du sonst noch etwas?«, fragte Karl von seinem Thron. »Den Sessel? Die Weingläser? Eins von den Bildern?«

»Ach was, das alte Gelump!«, sagte der Vetter lachend und mit einer Handbewegung, die Lina von Onkel Heinrich bekannt vorkam. »Weg damit. Zum Roten Kreuz oder in den Müll. Es gibt Firmen, die das erledigen. Oder man müsste einen Container bestellen.«

»Du?«, fragte Karl.

»Nee, macht ihr das mal. Und kümmert euch um die alte Schachtel da im Treppenhaus. Ich muss weiter, hab' noch Termine. Viel Spaß!« Er lachte über irgendetwas und ging so schnell, wie er gekommen war.

»Unser Eilemann«, sagte Karl. »Ich bin kein Numismatiker aber ich glaube nicht, dass er mit Onkel Heinrichs Zechinen einen tollen Fang gemacht hat. Nimmst du die Gläser?«

»Aber gerne«, sagte Lina. »Und du? Was hast du in deiner alten Schachtel?«

»Oh, das eine oder andere«, erwiderte Karl und machte ein Gesicht wie die Katze, die gerade den Kanarienvogel gefressen hat. Lina wusste, dass ihr Bruder über seine Verhältnisse lebte. Außer mit Büchern und bunten Hemden umgab er sich mit wenig beweglicher Habe, besuchte jedoch regelmäßig Spielcasinos, eine Gewohnheit, die noch keinen dauerhaft reich gemacht hatte. In Onkel Heinrichs Buffet hatte er offenbar einen Treffer gelandet.

»Erstaunlich, was er alles einmagaziniert hat. Hätte ich nicht erwartet. Ein paar Raritäten aus dem Reich der Botanik, Lonicerus' *Kreuter-Buch* von 1713, einige Wurmlöcher drin, aber immerhin. Chaumetons *Flore médicale*, sogar zwei Pflanzenkupfer aus dem *Hortus Eystettensis*, auch nicht übel. Vielleicht möchte Mama ein Erinnerungsstück. Dazu ein paar Reisebücher aus dem 19. Jahrhundert, der Rest ist eher was für die Grabbelkiste.« Er klopfte auf den Karton. »Ich wiederhole mich ungern, trotzdem sage ich es immer wieder: kein Buch hat verdient in irgendeinem Lokus zu landen. Deshalb gehen sie alle mit. Und hier haben wir noch einen kleinen Ridinger.«

Er stand auf und nahm den gerahmten Kupferstich einer Rotte Wildschweine an der Tränke von der Wand, klappte den Karton auf und legte ihn obenauf. »Kein Vermögen, aber vielleicht wäre ein Heißwasserboiler drin gewesen. Und ein etwas weniger klappriges Fenster. Ich frage mich, warum der alte Bussard seine Schätze nicht versilbert hat.«

»Vielleicht weil ihm am Verlieren nichts lag«, sagte Lina.

»Gilt das mir, Schwester?«

»Auf keinen Fall.«

Als sie von außen den Schlüssel herumdrehte und

einsteckte, hatte sie das Gefühl, etwas gesehen und zugleich übersehen zu haben.

»Gehen wir noch ein Bier trinken?«

Nicht dass Lina daran dachte, ihren Anteil zu versilbern. Karl hatte ihr die Kiste vom Auto ins Haus getragen und in den Fahrstuhl gestellt. Sie hatte das Scherengitter hinter sich geschlossen und war allein in den dritten Stock gefahren. Das Haus war eine dieser würdigen grauen Klippen aus dem 19. Jahrhundert, das noch nicht unter die Immobilienspekulanten gefallen war, weil seine Besitzerin, eine verwitwete Dame, die mit ihrem Mops die Bel Etage bewohnte, alles so belassen wollte, wie es ihr der selige Herr Küstermann vererbt hatte. Die Öfen waren erbärmlich, aber es fehlte nicht an Respekt gegenüber den Mietern.

Lina hatte sie überredet, eine kurze Zeit der Unordnung zu erdulden, hatte Heizung und Bäder einbauen lassen und im dritten Stock ein elegantes Miniaturhotel eröffnet. Die Maßnahme hatte alles aufgezehrt, was sie besaß und wofür ihre Mutter gebürgt hatte, und in bangen Stunden rechnete sie aus, dass sie wohl für den Rest ihres Lebens bei der Bank in der Kreide stehen würde. Doch sie ging nie ohne stolze Freude an dem Messingschild neben der Eingangstür vorbei, das zum Hotel garni Augusta im 3. Stock wies, ein Name, der Lina die nötige Mischung aus Glanz und Gediegenheit auszustrahlen versprach.

Sie hatte ihre eigenen Bedürfnisse auf die Küche und die Mansarde beschränkt und die Etage in fünf Gästezimmer und einen Frühstücksraum mit hohen Fenstern und minimalistischem Inventar umgewandelt. Kein Bild und kein Tand beleidigten das Auge, kein Geklampfe das Ohr. Nur zwei große Barytabzüge mit den Details einer buddhistischen Mönchsrobe hingen dort, die den von Lina gewünschten Zustand von Klarheit, Achtsamkeit und Stille ausdrückten, und es fehlte nie an frischen Blumen, deren Zusammenstellung sie einem geschmackssicheren jungen Floristen überließ, da sie selbst kein Alpenveilchen von einer Nelke unterscheiden konnte.

In der verglasten Veranda standen ein antiker Schreibtisch, darauf ein Notebook mit Internetanschluss und eine Mappe mit chamoisfarbenem Briefpapier (»Hotel Augusta«), drei Ledersessel, drei Leselampen, eine Hifi-Anlage mit Kopfhörern, ein Regal mit CDs, ein Aschenbecher und ein Tisch mit einem Schachbrett. Mehr war nicht nötig und auch nicht wünschenswert.

Da nicht nur duftige Daunen, ägyptische Baumwolle, edle Seife und sinnhafte Beleuchtung hohe Preise rechtfertigten, fand jeder neue Gast einen Blumenstrauß, Obst von der leicht verderblichen, aber erlesenen Sorte und Mineralwasser auf dem Zimmer vor. Mit den Jahren hatte sich dank dieser Umsicht eine hochachtbare Stammklientel von meist älteren Herren herausgebildet, in der Regel gastierende Kulturschaffende, und wenn Lina eitel oder geschmacklos genug gewesen wäre, hätte sie eine Reihe signierter Photos hinter der Rezeption aufhängen können – von Leuten, die einmal und nicht wieder erschienen. Stattdessen stand dort ein Regal, das sie mit Lektüre aus Karls modernem Antiquariat bestückt hatte. Entdeckungsreisen, Spionage und schwedische Krimis gingen gut. Auch Comics und Erotika waren gefragt; Vampire weniger. Manchmal verschwand ein Buch, aber das störte sie nicht. Bücher sollten ruhig in der Welt herumkommen.

Wie Onkel Heinrich machte auch Lina gern alles selbst und leistete sich nur stundenweise einen Ingenieurstudenten namens Alex, der in der Kindheit vermutlich einen psychischen Schaden erlitten hatte, der ihn zum Putzteufel hatte heranreifen lassen. Einen Kalkfleck auf dem Wasserhahn nahm er persönlich, ein feuchter Duschvorleger bereitete ihm körperliche Pein, und er trank keinen Kaffee aus einer Tasse, die er nicht selbst gespült hatte. Seine Chefin fühlte sich nicht berufen, dieser Neurose Grenzen zu setzen, sondern nahm Alex als segensreiche Erscheinung für das Hotel- und Gaststättengewerbe, die ihr erlaubte, sich ganz ihren Gästen zu widmen. Sie wusste, wer von ihnen ein Kirschkernkissen brauchte und wer ein Gläschen Champagner zum Frühstück. Jedem schenkte sie ihr Koboldlächeln, das zu ihrer Erscheinung gehörte wie die hochgestellten Blusenkragen, und nur in späten Stunden, wenn sie von ihrer Buchhaltung aufsah, fragte sie sich, wie es kam, dass sie ihre Gäste inzwischen besser kannte als ihre alten Freunde und warum ihr Liebesleben so ruhmlos daniederlag. Sie ahnte, dass sie das Hotel Augusta zum Maß aller Dinge gemacht hatte, den Eichstrich, bis zu dem des Lebens Fülle reichte, und dass alles, was darüber hinaus an Anteilnahme und Anstrengung von ihr gefordert würde, das Glas zum Überlaufen brächte und nicht verkraftet werden konnte.

Gern malte sie sich Szenen mit Bekannten und Unbekannten aus, deren Leben ihr gefährlicher und farbiger als das ihre erschien, aber sie änderte nichts an ihren Gewohnheiten, arbeitete bis in den späten Abend hinter der Rezeption und servierte auf Wunsch Frühstück vom Morgengrauen bis zum Mittag. Der Darjeeling stammte aus erster Ernte und wurde in dünnen weißen Porzellantassen serviert, die Croissants waren knusprig, die Eier à la minute, und vom Gelee lieferte ihre Mutter regelmäßig ein Kontingent aus den Früchten ihres Gartens. Linas Frühstück war perfekt. Jede ihrer eigenen Mahlzeiten glich dieser ersten des Tages. Wichtig war, dass man neben dem Essen noch etwas anderes tun konnte.

Nun würde sie die Leinenservietten austauschen. Damast zum Frühstück? Warum eigentlich nicht? Noch bis vor wenigen Stunden waren diese Teile verlorenes Gut, der Rohheit der Entrümpler preisgegeben. Inzwischen betrachtete Lina sich als deren rechtmäßige Alleinerbin. Sie war überzeugt, Onkel Heinrich wollte seine Tischwäsche weder Karl noch Eilemann und schon gar nicht den klebrigen Fingern der Hausbesitzerin Kerz hinterlassen, sondern ungeteilt seiner Nichte Lina.

In der Küche begann sie den Karton auszupacken, legte das Seidenkleid über die Stuhllehne, wickelte das Porzellan aus der Zeitung, hob die gestärkten, in den Falten vergilbten Tafeltücher heraus, schüttelte sie und stopfte sie in den Schlund der Waschmaschine. Dann löste sie die blauen Bänder um die Servietten. Ein zusammengefaltetes dünnes Papier fiel heraus. Ein Brief ohne Umschlag. Er trug weder Ort noch Datum und nur die Anrede: »Henri!« Lina musste sich setzen. Die Schrift war gestochen, die Botschaft kurz.

»Dies ist zwischen Dir und mir. Du wirst gehen, sofort und für immer. Du bittest mich, mit dir zu sprechen, aber es gibt für Deine Niedertracht keine Worte, die ich wiederholen könnte. M. ist tot, Du weißt, dass es durch Deine Schuld geschah. Ich komme übermorgen von der Beerdigung zurück, dann wünsche ich, dass Du gegangen bist.« Darunter nur der Name: »Rose«.

Lina legte den Brief auf den Tisch, öffnete hastig das andere Bündel, blätterte die Servietten durch, riss die Tafeltücher aus der Maschine. Es gab kein zweites Schreiben. Wie denn auch? Er hatte seine Sachen gepackt, dazu eine Kiste mit Dingen, die er nie wieder anrühren sollte, und war gegangen. Kein Haus, keine Frau, kein Beruf, keine Familie. Ein schwarzes Seidenkleid, zwanzig Servietten, eine Teekanne mit Rosenmuster. Lina setzte den Wasserkessel aufs Gas. Dann rief sie ihre Mutter an.

Sie musste es lange klingeln lassen, ehe Berta Weil abnahm.

»Wo steckst du denn, Mama?«

»Ich bin im Garten, Schnecken ermorden. Das Wetter ist ideal; es hat gerade geregnet.«

»*Was* machst du?«

»Ich schneide sie auseinander. Auf die Vernichtung meines Rittersporns steht nämlich die Todesstrafe. Aber stell dir vor, ich habe seit letzter Woche eine Erdkröte. Sie wohnt unter den Funkien und hilft mir. Ist das nicht praktisch?«

»Eine Art Henkerskröte?«

»Mach dich nur lustig über deine alte Mutter. Ich hoffe, es gefällt ihr bei mir im Garten und sie bleibt. Es gibt genug zu tun. Wie war es bei Onkel Heinrich?

Ich meine, habt ihr ausgeräumt? Wann ist die Testamentseröffnung?« Lina las ihr vor, was zwischen den Servietten heraus gefallen war.

»Linchen, davon weiß ich nichts. Welche Niedertracht? M.? Wer soll das sein? Nein, die beiden hatten keine Kinder. Nicht, dass ich wüsste.«

»Mama, streng dich an. Da muss es doch jemanden gegeben haben. Ein Verwandter von Rose? Ein Freund, der gestorben ist? Was hat Onkel Heinrich wohl getan? Wie kann er am Tod eines Menschen schuld gewesen sein!? Hat denn keiner von euch gefragt, als er so plötzlich auszog? Ist keiner mal nach Buchfinkenschlag gefahren? Sie war doch seine Frau.«

Ihre Mutter schwieg.

»Mama?«

»Du musst wissen, dass Rose nicht mit Heinrich verheiratet war.«

»Ach.«

»Nein, es war eine Verbindung, die niemand in der Familie befürwortet hat. Außerdem war sie wesentlich älter als er. Wir haben sie nicht mehr besucht, nachdem Heinrich ausgezogen war. Das Haus gehörte ihr und wir dachten natürlich, *er* hätte sie verlassen. Dein Onkel war in dieser Sache ungefähr so aufgeschlossen wie eine Osterglocke im Februar und ganz sicher haben wir nicht nachgefragt. Das waren eben andere Zeiten als heute.«

»Und warum waren sie nicht verheiratet?«

»Mein Schäfchen, Rose *war* eine verheiratete Frau, aber eben anderweitig; nicht mit deinem Onkel Heinrich. Sie nannte sich trotzdem Weil. Wir fanden das ausgesprochen unpassend.«

»Wie gut hast du sie denn gekannt?«

»Nicht sehr gut. Ich war nur einmal mit deinem Vater und Tante Tilly und ihrem schrecklichen kleinen Jungen da – wie heißt er noch gleich?«

»Eilemann – Horst«, sagte Lina.

»Ja, richtig, der kleine Eilemann, was für ein lästiger Bengel das war! Wir haben Heinrich und seine Frau einmal zusammen in Buchfinkenschlag besucht. Das Haus ist prächtig, neugotisch, aber du kennst es ja. Ich glaube, ihr Großvater hatte es gebaut und ein sehr eindrucksvolles Arboretum angelegt. Sie hatten mindestens fünf Gärtner. Unvorstellbar heute.«

»Arboretum?«

»Bäume! Eine Sammlung einheimischer und exotischer Gehölze, und zwar nicht als finsterer Wald gepflanzt, ein Fehler, den heute so viele machen, sondern als herrliche Solitäre. Ich erinnere mich an eine Paulownia imperialis in der Blickachse zum Tor. Ein Blauglockenbaum«, erläuterte sie gnädig.

»Und M.? War das ihr Ehemann? Wo steckte der?«

»Ich weiß es nicht, niemand von uns hat ihn je gesehen.«

»Aber ...«

»Hör mal, Lina, das ist jetzt über dreißig Jahre her

und Heinrich ist tot. Wühl doch nicht in diesen alten Geschichten herum.« Und als stimme sie ein neues Lied in einer helleren Tonart an, rief sie: »Hat Karl dich heimgefahren? Was macht er denn, der alte Bücherwurm? Er hat sich so lange nicht mehr bei mir blicken lassen. Hast du viele Gäste? Ist dieser goldige Dirigent mit dem Buchweizenkissen und den Freikarten wieder da?«

Als Lina aufgelegt hatte, goss sie kochendes Wasser über den Teefilter, kippte einen Schluck Whisky in die Tasse und nahm den Brief noch einmal zur Hand. Was immer die Worte von Heinrichs Frau bedeuteten, sie fühlte wie ihre erste Regung stärker wurde: Mitleid mit dem Davongejagten.

Zur Testamentseröffnung im Büro des Notars fand sich in letzter Minute neben Lina, Karl und Vetter Eilemann ein kleiner Herr mit französischem Akzent ein, der dunklen Zwirn und Brillengläser dick wie Milchflaschenböden trug. Er stellte sich als der Rechtsvertreter einer fünften Partei vor, die in Heinrich Weils Testament Erwähnung fand, einer Madame Ernest Calvat, die bedauerlicherweise nicht persönlich anwesend sein konnte. Die Förmlichkeit des Anlasses, sein spätes Erscheinen und die flüchtige Vorstellung verhinderten sowohl das Begreifen seines Namens als auch jede Nachfrage. Schweigend erwarteten die vier auf ihren Stühlen das Öffnen eines braunen Briefumschlags im Format Din A5.

Der Inhalt bestand lediglich aus einem mit der Hand beschriebenen linierten Blatt höchst überraschenden Inhalts. Heinrich Weil war nicht ganz so arm gestorben, wie es den Anschein hatte. Auf mehrere Konten verteilt waren vierzigtausend Euro angelegt, die am Ende des kommenden Monats zur Verfügung stehen würden. Seiner Schwester Tilly, die wegen ihrer Gebrechlichkeit nicht anreisen konnte und die aus dem Heim abzuholen ihrem Sohn nicht eingefallen war, standen davon zehntausend zu. Über die restliche Summe hatte der Erblasser in einer Weise verfügt, die Lina, Karl und Vetter Eilemann zunächst verständnislos auf ihren Stühlen verharren ließ. Dabei hatte er sich vollkommen klar in dieser Sache ausgedrückt. Lina las die betreffende Passage aus einer Fotokopie des Testaments ihrer Mutter am Telefon vor.

»Ich, Heinrich Weil, verfüge Folgendes: Am 21. Juni 1977 verstarb die mir anvertraute Marion Bruant, als sie unter ungeklärten Umständen in das Schwimmbecken auf dem Anwesen meiner Frau Rose in Buchfinkenschlag stürzte und ertrank. Ich bin überzeugt, dass dies weder ein Unfall noch Selbstmord war, sondern die Tat eines ruchlosen Verbrechers, der damit auch mein Leben zerstört hat. Derjenige meiner

Erben, der Entscheidendes zur Aufklärung beitragen, den Täter zur Anzeige bringen und damit meinen befleckten Namen reinwaschen kann, erhält die gesamte Summe von dreißigtausend Euro. Bei Misserfolg fällt die genannte Summe drei Monate nach meinem Tod an die Stiftung Wald- und Wildschutz.«

»Was sagst du dazu?«, fragte Lina.

»Ich sage, er hätte sich ein wenig präziser ausdrücken können«, erwiderte ihre Mutter. »M. ist also Marion Bruant. Und weiter? Wer war sie und warum glaubt er, dass es ein Verbrechen war? Aber das sieht ihm ähnlich. Heinrich war immer so ein Leisetreter, aber er war kein schlechter Kerl. Das weiß ich. Wenn diese Marion gestorben ist, dann bestimmt nicht durch seine Schuld. Sonst hätte er sich ja kommentarlos davongemacht und nicht die Erben auf die alte Geschichte angesetzt. Dreißigtausend Euro, kein Pappenstil, aber hör mal, Lina, du wirst jetzt nicht auf Verbrecherjagd gehen. Und Karl natürlich auch nicht!«, fügte sie nach kurzem Nachdenken hinzu. »Was wollte denn dieser französische Rechtsanwalt? Für wen war der gekommen?«

»Für eine Madame Ernest Calvat.«

Am anderen Ende entstand eine Pause.

»Das ist kein Name«, sagte ihre Mutter, »das ist eine Rose.«

»Eine Rose?«

»Ja, eine Bourbonrose, duftet ganz köstlich. Ich

habe so eine an der Böschung stehen; ist ein rosa Sport von Madame Isaac Per …«

»Ja, Mama. Aber wenn das kein Name ist, dann war das vielleicht auch kein Anwalt? Wir haben uns gewundert. Er hat sich ganz schnell wieder verabschiedet, als der Notar mit dem Testament fertig war.«

»Natürlich war das ein Anwalt«, sagte ihre Mutter mit Nachdruck. »Der Notar hat ihn schließlich benachrichtigt, und er ist gekommen. Aber seine Mandantin wollte vielleicht unerkannt bleiben.«

»Meinst du, es handelt sich um eine alte Flamme von Onkel Heinrich, oder – die Rose ist gar keine Rose sondern unsere Tante Rose aus Buchfinkenschlag?«

»Genau das meine ich. Aber *unsere* Tante Rose ist sie auf keinen Fall.«

»Nun, dann eben Heinrichs Frau. Trotzdem verstehe ich das nicht. Sie hat ihn vor dreißig Jahren beschuldigt und rausgeworfen. Und nun fordert er sie auf, den wahren Schuldigen zu finden. Warum sollte sie ihre Meinung geändert haben?

»Was weiß ich? Ihr Name steht jedenfalls im Testament und sie hat einen Anwalt geschickt. Es kommt mir vor, als habe Heinrich das letzte Wort behalten wollen und ihr gesagt: Du hast dich getäuscht, liebe Frau. Ich habe diese Marion nicht auf dem Gewissen. Sehr unwahrscheinlich, dass sie nach so langer Zeit noch etwas zur Aufklärung der Sache beitragen kann. Sicher ist sie senil, das geschähe ihr recht. Aber Heinrich ist wenigstens losgeworden, was ihn gedrückt hat.«

»Sie kann nicht senil sein, wenn sie einen Anwalt geschickt hat«, sagte Lina. Sie hielt einen Augenblick inne. »Ich habe am Montag keinen Gast. Alex kann das Haus hüten. Ich fahre nach Buchfinkenschlag.«

»Das hatte ich befürchtet«, erwiderte ihre Mutter. »Hol mich ab. Ich fahre mit.«

Die Servietten waren weiß aus der Waschmaschine gekommen und Lina hatte sie feucht zu frischer, glänzender Straffheit gebügelt. Heute würde sie endlich auch das Geschirr spülen und wegräumen. Es waren kostbare Teller und Tassen von Spode, die sie niemals der Spülmaschine ausliefern würde. Als sie das Zeitungspapier zusammenfaltete, in das sie die Teile eingewickelt hatte, erinnerte sie sich des Gefühls, in Onkel Heinrichs Wohnung etwas übersehen zu haben. Hier hielt sie es plötzlich in der Hand und starrte darauf: der *Öffentliche Anzeiger* vom Juni 1977 mit der Schlagzeile und dem grob gerasterten Photo einer bekannten Stätte. Ein Polizist in Uniform und zwei Männer in Zivil standen auf den Betonplatten am Rand. In einem erkannte sie ihren Onkel. Sie las:

»Tödlicher Unfall im Schwimmbecken. Buchfinkenschlag, 22. Juni. Einen grausigen Fund machte der Gärtnerbursche Johann Gerswiller in den frühen Morgenstunden des gestrigen Sonntags im Park der Villa Buchfinkenschlag. Marion B. (17), ein Hausgast, die an dem Sonnenwendfest des Ehepaars Weil teilgenommen hatte, wurde von Gerswiller leblos im Schwimmbassin aufgefunden. Offenbar war das junge Mädchen über den Rand gestürzt und ertrunken. Gerswiller sagte gegenüber der Polizei, er wisse, dass sie nicht schwimmen konnte. Das Fest, das Marion B. unbemerkt verlassen hatte, fand auf der Terrasse statt. Wie das Mädchen in den entfernt gelegenen unbeleuchteten Teil des Parks gelangte, ist nicht geklärt. Die Festgesellschaft hatte, als sie ihr Verschwinden bemerkte, ohne Erfolg nach Marion B. gesucht. Das Ehepaar Weil war für eine Stellungnahme nicht zu erreichen. Die Polizei geht von Selbstmord oder einem Unfall aus, schließt aber auch Fremdverschulden nicht aus.«

Hastig glättete Lina die übrigen Seiten, verfluchte ihre Eile und Raffgier, in der sie beim Einpacken die Zeitungen auseinandergerissen hatte, wühlte und wendete, fand nichts Zweckdienliches, schließlich doch ein heiles Blatt aus einer späteren Ausgabe mit einem Zweispalter, der den Polizeibericht zusammenfasste:

»In der Nähe des Schwimmbeckens waren nur die

Spuren der Toten und die des Zeugen Gerswiller gefunden worden. Der Todeszeitpunkt lag zwischen Mitternacht und zwei Uhr morgens. Marion B. wies keine äußeren Verletzungen und keine Spuren von Gewalt oder Gegenwehr auf. Sie hatte vor ihrem Tod Geschlechtsverkehr. In ihrem Blut fanden sich 0,1 Promille Alkohol. Bevor Sie in das Becken gestürzt war, hatte sie offenbar in großer Hast ihr Kleid ausgezogen, das links gewendet am Rand lag. Von den etwa vierzig Gästen, die auf der Terrasse versammelt waren, hatte keiner für längere Zeit das Fest verlassen. Auch das Personal – die Köchin, das Hausmädchen Marie und der Gärtnerbursche, der beim Servieren der Getränke half – hatte einander ständig im Auge behalten.«

Aber sie haben alle verdammt lange gebraucht, um Marions Verschwinden zu bemerken und einen Suchtrupp in den Park zu schicken, dachte Lina. Wäre es nicht naheliegend gewesen, am Bassin als möglicher Unfallstelle zuerst zu suchen? Obwohl weder die Gäste noch das Personal Auffälligkeiten im Verhalten des jungen Mädchens bemerkt haben wollten und kein Abschiedsbrief gefunden wurde, ging die Polizei weiterhin von Selbstmord oder Unfall aus.

Neben den Artikel hatte der Redakteur zwei Photos gestellt. Das eine zeigte die Villa vom Tor aus gesehen, mit der großen Terrasse vor der Front, die in der Mitte von den Arkaden eines Vorbaus überwölbt war und zu der eine zweigeteilte Freitreppe aus dem Park aufstieg. Die Zufahrt war von säulenförmigen Eiben gerahmt. Aus dem tief heruntergezogenen schwarzen Dach mit seinen Giebeln und Gauben ragte ein runder Turm. Das zweite war ein Passphoto von Marion B., ein hübsches Mädchen mit zarter Haut und ein wenig verhangenen Augen. Sehr schmal, irgendwie appetitlos, dachte Lina. Kein Lächeln. Das dunkle Haar war in der Mitte gescheitelt, bedeckte die Wangen und fiel ihr bis über die Schultern. Die Bildunterschrift teilte mit, dass sie seit drei Monaten Hausgast des Ehepaars Weil in der Villa Buchfinkenschlag war.

Was macht denn eine Siebzehnjährige drei Monate lang als Gast in diesem großen, einsamen Haus? dachte Lina. Zu wem gehörte sie? Hatte sie keine Familie? Hielt sie sich versteckt? Ging sie irgendwo zur Schule? Lina stellte sich Marion Bruant vor, wie sie mit einem Kassettenrekorder auf der Balustrade saß. Was trugen sie damals? Schlaghosen? Oder Volants und indische Westen? Punk? Bestimmt nicht im Haus von Tante Rose. Was hörte sie? Queen, die Stones, Deep Purple? Oder Abba? Marion war sicher nicht der Typ, der mit Butterbrot und Kakao im Rucksack in den Wald zog, und dem Onkel Heinrich das Federchen vom Eichelhäher schenkte. Aber man konnte nie wissen. Vielleicht hatte sie die Bäume und die Vesper, das Jägerlied und die Anekdoten von den Bankdirektoren auf

Wildschweinjagd genau so geliebt wie Lina. Sie strich die zerknüllten Zeitungsseiten glatt und steckte sie in einen Umschlag.

Nach der Testamentseröffnung hatten Lina, Karl und Vetter Eilemann vor der Tür des Notars gestanden und nicht gewusst, was sie zueinander sagen sollten. Drei Musketiere, dachte Lina, die auszogen, um Onkel Heinrichs guten Namen reinzuwaschen. Oder drei Erbschleicher, von denen jeder die versprochenen dreißigtausend Euro ergattern wollte. Bestimmt drei Amateure, die keine Ahnung hatten, wo sie anfangen sollten. Eine kleine Probebohrung:

»Was hast du vor, Karl?« Er zuckte die Schultern.

»Hat Onkel Heinrich Briefe oder ein Tagebuch hinterlassen? Danach sucht man doch wohl zuerst.«

»Aber wir haben nichts bei ihm gefunden«, sagte Lina, »ich meine, nichts Schriftliches.«

»Oder man redet mit Leuten, die ihn gekannt haben.«

»Kennst du Leute, die ihn gekannt haben – außer uns?«

Eilemann machte ein Ich-weiß-was-Gesicht.

»Ich meine, ich hätte da eine heiße Spur. Ist schließlich mein Job.« Er tippte sich an die Nase, um seinen überragenden Spürsinn anzudeuten. »Aber ich werde den Teufel tun, sie euch zu verraten. Sucht ihr mal schön selber.«

»Mach Witze«, sagte Karl, »heiße Spur. Du weißt doch gar nichts. Du hast dich ja dein Lebtag nicht um Onkel Heinrich gekümmert.«

»Aber du Märchenonkel bist jede Woche mit Kuchen und Wein im Körbchen bei ihm aufgekreuzt und hast ihm was vorgelesen? Da möchte ich wetten.«

Es geht schon los, dachte Lina. Wir streiten uns, ehe wir der Aufklärung von Marions Tod auch nur einen Schritt näher gekommen sind. Eilemann war ein aufgeblasener Wicht, einer von der Sorte, die sich selbst loben musste, weil es sonst niemand tat. Vielleicht ließ er sich ja in die Karten sehen, wenn sie ihn ein wenig würdigte.

»Interessant. Was machst du eigentlich beruflich? Bist du vielleicht Detektiv, eine professionelle Spürnase? Gib mir doch mal deine Telefonnummer. Falls sich was ergibt.« Sie schrieb ihm ihre Mobilnummer auf den Briefumschlag, in dem jedem der drei eine Kopie des Testaments ausgehändigt worden war. Im Gegenzug öffnete der Vetter ein glänzendes Etui, entnahm ihm zwei Visitenkarten und reichte sie den Miterben. Horst K. Eilemann, las sie, Journalist und Autor und in Klammern VdCr.

»Was ist das für ein Verein?« Lina konnte nicht widerstehen. »Chaosbrüder?«

Eilemann lachte mit, als ihm der Stachel in die

Seite fuhr. Das würde sie ihm büßen. Arrogante Kuh. Immer schon. Immer schon was Besseres. Und immer schon so krottenhässlich. Trotzdem ewig vorgezogen. Warum sollte er sich um Onkel Heinrich gekümmert haben? Der Kerl hatte sich ja auch nicht um ihn gekümmert. Wunders was hatte man dem Knaben Horst von der Villa Buchfinkenschlag vorgeschwärmt. Nur einmal war er da gewesen und dann hatten sie alle am Kaffeetisch gehockt, die Erwachsenen, das übliche dumme Geschwätz. Von wegen Schwimmbad und Wald. Er war in der zwickenden Badehose, die er vorsorglich drunter gezogen hatte, wieder nach Hause gefahren. Nie hatte Onkel Heinrich ihn eingeladen, immer nur die kleine Kröte, das Linchen. Horst Eilemann wurde rot und sein Mund entgleiste, als wolle er diese alten Erwachsenen nachäffen: das Linchen, das drollige kleine Linchen. Dann riss er sich zusammen.

»Verband deutscher Chefredakteure«, erwiderte er würdevoll. Den hat er wahrscheinlich selbst gegründet, dachte Lina und ist das einzige Mitglied. Auch das K. in seinem Namen war ihr neu. Knatterton? Dass sie Vetter Eilemann gerade schwer beleidigt hatte, war ihr entgangen. Er sollte sie zu gegebener Zeit daran erinnern.

»Ach, du machst eine Zeitung? Wusste ich gar nicht.«

»Extravagant – das führende Lifestylemagazin.«

»Nie gehört«, sagte Karl.

»Da brauchst du dir nichts drauf einzubilden«, schnappte Eilemann. »Es gibt ein Leben außerhalb deiner Muffbude.«

»Und wenn deine heiße Spur ein Erfolg ist«, wandte Lina friedfertig ein, »was willst du mit dem ganzen Reichtum machen?«

»Verreisen zum Beispiel, sehr weit weg. Da, wo ich euch Nasen nicht mehr zu sehen brauche.«

»Danke gleichfalls«, sagte Karl.

Lina konnte es nicht lassen.

»China? Chernobyl? Chamonix?«

»Was?!«

»Reg dich nicht auf. War nur Spaß.«

Aber Spaß war das Letzte, das Horst Eilemann verstand.

Die Schachtel mit den Fotos aus Buchfinkenschlag steckte in der untersten Schreibtischschublade, die Lina die Leprakolonie nannte, weil Dinge darin verschwanden, die sie dem Vergessen überantwortet hatte, ohne sich von ihnen befreien zu können: zwei Briefe, eine zusammengefaltete Speisekarte, die Kassette aus ihrem alten Anrufbeantworter, eine Plastikrose von einer Schießbude, das Poesiealbum, in das ihr Vater seiner elfjährigen Tochter geschrieben hatte:

»Deine Zukunft wird sein, was Du selber daraus zu machen wagst.« Sie blätterte die Fotos durch. Der Schmerz, den sie lange empfunden, weil man sie als kleines Mädchen verraten und ihr den Ort, den sie so geliebt, entzogen hatte, war ausgestanden. Und doch wunderte sie sich, dass sie die Fotos nur an den Ecken wie eine tote Wespe an den Flügeln anfassen konnte. Die Vergangenheit hatte sich als überraschend lebendig erwiesen und sie musste allein damit fertig werden. Nachdem sie Roses Brief zwischen den Servietten gefunden und den Polizeibericht in der alten Zeitung gelesen hatte, hatte sie daran gedacht, Karl anzurufen und ihn zu fragen, ob sie zusammen weiter forschen sollten, ließ es dann aber bleiben. Buchfinkenschlag bedeutete ihm nichts, und wenn sie dem Geheimnis auf die Spur kämen, würde ihr Bruder Leichtfuß seinen Anteil doch nur verzocken. Ihn nicht einzuweihen, mochte ihn vom Spieltisch fernhalten. Außerdem könnte sie mit dreißigtausend Euro drei volle Schuldenjahre tilgen. Wie Onkel Heinrich lag auch Lina nichts am Verlieren.

Berta Weil gärtnerte mit Begeisterung und wechselndem Erfolg. Als sie in dem Alter, da andere Frauen ihre Babys in gewickelten Tüchern um den Hals trugen, ein Kindermädchen engagierte und ihren ersten Garten anlegte, hatte sie mit einem kleinen Schäufelchen alles Mögliche eingegraben, ohne zu fragen, ob dem Pflänzling die zugewiesene Stelle auch behagte. Mit ermutigenden Worten hatte sie sich über die Kümmerlinge gebeugt, sie gedüngt und gewässert und war gekränkt, wenn sie es trotzdem nicht mehr bei ihr aushielten und verschieden. Die Verluste überwogen, denn mehrjährige Stauden sind, was ihre Lebensweise betrifft, etwa so flexibel wie spanische Großinquisitoren.

Die Kinder waren in dieser Zeit wohlgeraten; aber ihrer Mutter war es nicht gelungen in einem von beiden auch nur einen Funken Begeisterung für die Hortikultur anzufachen. Prägend hatte sich in dieser Sache eine Fahrt ins Grüne ausgewirkt, als Lina zehn und Karl sechs war, bei der Berta versucht hatte, einen überfahrenen Hund als wertvollen Beitrag für ihren Komposthaufen von der Landstraße zu kratzen.

Inzwischen hatte die Gärtnerin etwas über die Ansprüche ihrer Pflanzen gelernt, war ein wenig klüger, ein wenig rabiater mit den Siechen und selbst um einiges älter geworden, jedoch nicht minder besessen. Ihren Stolz stellten die Ritterspornbeete dar, deren Azur den Himmel ausstach, und die Rosen, die ihr die Anbetung mit unangekränkelter Schönheit vergalten. Wenn sich ihre Gloire de Dijon zu blühen anschickte, nahm Berta wie ein alter Chinese mit seinem Teekännchen bei ihr Platz, um nichts von dem Wunder zu versäumen.

Sie liebte nicht alle gleichermaßen, aber zu ihrer Überraschung hatten sogar die Funkien, diese benachteiligten Geschöpfe, die fast nur aus Blättern bestanden, mit der Zeit die schattigen Plätze kolonisiert, und die Hortensien, die ihr ebenfalls nicht nahestanden, waren im Abseits zu strotzenden Gehölzen herangewachsen. In ihrer aufgerüschten Rundlichkeit und mit einem Stich Bleu im weißen Haar ähnelte die Gärtnerin selbst Hydrangea macrophylla, während ihr Temperament eher dem der Dachwurz glich, die keines Zuspruchs bedarf um zu gedeihen.

Als Witwe ohne finanzielle Sorgen hatte Berta ein kleines Kavaliershaus auf dem Land gekauft, vor dem sich im 18. Jahrhundert kurfürstliche Jagdgesellschaften gesammelt hatten, und es für ihre Bedürfnisse hergerichtet. Sie spannte Drahtseile für eine Glyzinie vor die Fassade, strich die Zimmerwände gelb und rückte ihren Arbeitstisch in die Mansarde, wo sie allerlei Naturalien, die sie von ihren Spaziergängen mitbrachte, in Wasserfarben abmalte. Hinter dem Haus pflanzte sie einen Stauden- und Gemüsegarten, ein Rosarium und ein Knotenparterre, dessen Buchsschleifen ein blaues Boudoir aus Spalierwänden umkränzten. Die Idee hatte Berta von der Schriftstellerin Colette übernommen, die in ihrem provenzalischen Garten die Sommernächte auf einer Terrasse voll blauer Blumen zu verschlafen pflegte. Berta stellte sich

Madame unter einer Pergola vor, die von Passionsblumen in Bleu Mourant durchflochten war, umgeben von Terrakottatöpfen mit glühend enzianblauem Solanum und gletscherkühler Bleiwurz, dazu ein laues Lüftchen, das Lavendelduft herbeifächerte. Da Colettes Blumen einen deutschen Winter nicht überlebt hätten, war Berta auf Schwertlilien und Lobelien ausgewichen und hatte eine Prunkwinde namens Heavenly Blue aufs Dach geschickt. In diesem Freiluftboudoir saß sie an Sommertagen hinter der Staffelei, die Füße in einer Schüssel mit kaltem Wasser, das sie mit Minze erfrischt hatte, und malte ihren Rittersporn.

Zeit ihres Lebens hatte Lina mehr vom Hosenboden als vom Gesicht ihrer Mutter gesehen, und obwohl ihr Umgang miteinander freundlich neckend war, argwöhnte sie, dass ihre äußere Erscheinung Bertas ästhetischen Ansprüchen niemals genügte und Karl ihr das liebere Kind war. Auch an diesem Morgen fand sie die alte Dame tief gebückt in den Rabatten und mit einer langen Schere in der Buchsbaumhecke herumfuhrwerkend.

»Was soll das werden, Mama?«

»Ein Tier. Ich weiß noch nicht, welches, aber eines mit einem runden Rücken.«

»Eine Schnecke mit Haus?«

»Die kommt mir nicht einmal in Buchsgestalt in den Garten.« Sie musterte Lina in ihrem langen hellen

Staubmantel, den flachen Schuhen und einer sackartigen Tasche über der Schulter.

»Du siehst aus wie der junge Herr Heine auf dem Weg nach Paris.«

»Dann lass uns anspannen und aufbrechen.«

»Ich habe einen Picknickkorb vorbereitet. Nur ein paar belegte Brote und eine Thermoskanne mit Milchkaffee. Wir machen eine Fahrt zum Ende der Welt und wer weiß, ob diese Frau uns empfangen will oder ob uns die Eingeborenen von Buchfinkenschlag überhaupt freundlich gesonnen sind.« Sie gingen zur Hintertür.

»Wie geht's deiner Kröte?«

»Sie ruht. Willst du sie sehen?«

»Danke, es reicht mir zu wissen, dass sie wohlauf ist.«

Im Haus legte Berta Schere und Handschuhe ab und schlüpfte aus den Galoschen in flache Leinenschuhe.

»Ich wasch mir nur noch die Hände. Die Wegzehrung steht in der Küche, bist du so nett und holst sie?«

Die Küche lag hinter dem Gartenzimmer, in dem ihre Mutter Blumentöpfe und Kübel, Werkzeug und Geräte, Nägel und Schrauben, Stützen und Kordel, Jacken, Stiefel und Schürzen, Blechdosen und Gläser mit Knollen und Samen, Kisten mit Steinen, Vogelnestern, Wurzeln, Zapfen, Borke, Hörnern, Tierschädeln und rostigem Eisen aufbewahrte, ein Sortiment, das wiederum Linas Sinn für klare Verhältnisse beleidigte. Sie kehrte mit dem Picknick zurück. Ihre Mutter schloss ab und hängte den Schlüssel an einen Nagel unter einem alten Korb neben der Hintertür.

»Dort sucht ihn keiner«, sagte sie in vorauseilendem Widerspruch.

»Und dort findet ihn jeder.«

»Ich lebe hier seit zwanzig Jahren und es hat noch nie einer versucht, bei mir einzubrechen.«

»Braucht er ja auch nicht, wenn der Schlüssel neben der Tür hängt«, sagte Lina. Sie wandte sich um und schaute über den Garten, der auf einer Anhöhe über dem Wiesental lag. Vom gegenüberliegenden Hang glänzte der Wald in seinem dunklen Sommergrün. »Schön hast du's hier, Mama«, fügte sie versöhnlich hinzu.

»Fang du nicht auch noch damit an. Letzte Woche hatte ich einen Haufen Leute im Garten. Du weißt ja, diese Tage der offenen Pforte, an denen alle hereinspazieren können. Ich hatte mir ein Bein ausgerissen, damit alles picobello aussah, und im blauen Boudoir Kaffee und Streuselkuchen aufgetischt – gegen eine Spende für die Staudengesellschaft, versteht sich. Die meisten Leute sind ja ganz vernünftig und versuchen nicht, heimlich irgendetwas auszugraben oder abzuknipsen. Jedenfalls war da diese Person mit ihren roten Fingernägeln, die sie ihr Lebtag noch nicht in die Erde gesteckt hat. ›Ah, wie schön, Frau Weil, wie schön haben Sie es hier, und erst dieser Ausblick, einmalig, traumhaft!‹ So ging das die ganze Zeit.«

Mutter und Tochter gingen ums Haus herum zu dem Kiesplatz, wo Lina geparkt hatte, und Berta hievte sich auf den Beifahrersitz.

»Kein gutes Wort über die Rosen, nichts zum Rittersporn, meine Prunkwinde, mein Phlox paniculata Düsterlohe – pfft!« Sie warf die Hand in die Luft. »Nur anzügliche Blicke auf meinen blauen Natternkopf und ein scharf geflüstertes ›seien Sie bloß vorsichtig, der sät sich wie verrückt aus!‹ Selber Natternkopf! Ich will, dass er sich aussät; er ist prachtvoll! Kommt in meinen Garten und lobt die Aussicht!«

»Frechheit!«, sagte Lina und bog auf die Landstraße ein.

»Aber dann! Als sie endlich ging, flötete sie mir zu: ›Wie ich Sie um Ihren Anthriscus sylvestris beneide, Frau Weil! Seit Jahren versuche ich vergeblich, ihn in meinem Garten heimisch zu machen.‹«

»Dein was?«

»Mein Anthriscus sylvestris. Der gemeine Wiesenkerbel, das Unkraut, das neben der Hintertür vor sich hinwuchert.«

»Arme Mama«, lachte Lina. »Und ich dachte immer, Gärtner wären ganz besonders zartfühlende Menschen und nur gemein zu den Schnecken.«

»Hast du eine Ahnung! Gärtner sind richtige Streithammel; ein nachtragendes Pack. Wenn du ihre Pflanzen beleidigst, könntest du geradeso gut ihre Kinder ohrfeigen.«

Mit einem Sommerferiengefühl ließ Lina ihr Fenster herunter, als sie das offene hügelige Land im Westen mit seinen buschigen Anhöhen und großen Laken aus grünen, braunen und weizengelben Feldern erreichten, über das die Wolken wie Schiffe hinwegzogen. Strohgeruch wehte herein. Es war zwar nicht das Ende der Welt, aber weit konnte es bis dahin nicht mehr sein, und die Dörfer, durch die sie fuhren, schienen verlassen. Nur in den Gärten zeigte sich hier und da eine Kittelschürze oder ein alter Mann in einer blauen Jacke. Die Begradiger und Saubermacher, die Verbundsteinpflasterer, Fliesenkleber und Haustürenaustauscher, die sonst überall darauf lauerten, das Vorhandene zu verschlingen und als unaussprechlich Verwandeltes wieder auszuscheiden, schienen noch nicht bis in diese Gegend vorgedrungen zu sein, und die Dörfer hatten ihre krummen Buckel, ihre Sandsteinmauern und Fachwerkgiebel, ihre wirtlichen Nussbäume, Rebenspaliere und geblümten Vorgärten einfach behalten. Berta hatte zu allem eine Meinung.

»Vorgärten sind eine soziale Tat«, verkündete sie. »Hier wohnen fühlende Menschen!«

Lina, die, was die Gefühle anderer Menschen betraf, nicht so sicher war, zog es vor, zu schweigen. Unterwegs musste sie zweimal rechts ranfahren, weil ihre Mutter interessantes Grünzeug an einer Mauer erspäht hatte. Mit einem Klappmesser schabte sie vorsichtig Blätter und Würzelchen aus den Ritzen und steckte sie in kleine Plastikbeutel, die, wie das Messer, Schnur und Schäufelchen zum festen Inventar ihrer Handtasche gehörten.

»Cymbararia muralis«, erläuterte sie, »efeublättriges Zimbelkraut – sehr geeignet für die Terrassen-Fugen«, knotete die Beutel zu und legte sie in den Picknickkorb.

»Mit den Eigentumsverhältnissen nimmst du es nicht immer so genau?«, fragte Lina.

»Ich sorge für die Ausbreitung wünschenswerter Vegetation. Das ist etwas anderes.«

Später, als sie an einem Feldrain parkten, Berta zwei Tassen aus einen Küchenhandtuch wickelte und sie Milchkaffee aus der Thermosflasche tranken, erzählte Lina ihrer Mutter, was sie im *Öffentlichen Anzeiger* gefunden hatte.

»Polizei schließt Fremdverschulden nicht aus«, zitierte Berta, »aber verhaftet wurde niemand. Ihr Kleid ausgezogen und ins Wasser gesprungen und konnte nicht mal schwimmen. Sicher sturzbetrunken – nein? Trotzdem komisch. Wer das Mädchen wohl war? Na, ich bin gespannt. Hoffentlich ist

Heinrichs Frau noch nicht ganz tatterig geworden. Sie muss über neunzig sein. Besonders helle war sie nie.«

»Was hast du eigentlich gegen sie? Jedes Mal, wenn wir über Tante Rose reden, musst du einen Giftpfeil abschießen. Nur weil sie keinen Trauschein hatte? Das hat in den siebziger Jahren doch keinen mehr gestört.«

»Deine Familie schon«, gab Berta zurück.

»Und sonst nichts? Komm, Mama, raus mit der Sprache! Du bist ihr doch aus irgendeinem Grund immer noch böse.«

Berta sah aus dem Fenster, und als Lina schon keine Antwort mehr erwartete, sagte sie:

»Sie war ein furchtbarer Snob. Damals, als wir sie besuchten, dein Vater, Tante Tilly und der kleine Dingens, hatte ich meinen scharlachroten Türkenmohn geteilt und für sie eingetopft, als Gastgeschenk. Gut, er ist vielleicht nicht besonders subtil, eher ein Berserker, aber in einem großen Garten von unvergleichlicher Wirkung. Und ich hatte natürlich mit einem großen Garten gerechnet. Wir kommen an, ich überreiche meine Töpfe und sie sagt: ›Oh, Türkenmohn‹, als hätte ich ihr einen Haufen Brennnesseln mitgebracht. ›Sehr lieb von dir, aber *die* Farbe kommt mir nicht in den Garten!‹ Bei ihr war alles weiß und rosa. Wenn du mich fragst, überwiegend rosa, sogar der Lavendel.«

»Tatsächlich?«

»Ja. Rosen und Schleierkraut, Akeleien, Lilien und Cosmeen, Massen von Phlox und Wollziest – alles durcheinander aber pink, pink, pink. Sie wollte es romantisch.«

»Es hat dir nicht gefallen?«

»Furchtbarer Kitsch!«

»Und die Ablehnung deines Türkenmohns trägst du ihr immer noch nach?«

Ihre Mutter schwieg trotzig.

»Gärtner«, seufzte Lina, »ich fasse es nicht!«

Lina hielt auf der Landstraße hinter dem Dorfschild von Buchfinkenschlag. Sie stiegen aus und blickten durch das mit Kette und Vorhängeschloss verrammelte Gittertor zur Villa auf der Anhöhe, die hohläugig und verlassen wirkte. Aller Aufsicht ledig, hatten die Eiben neben der Treppe ihren Formschnitt gesprengt und standen nun wie schwarze Gewitterwolken vor der Fassade. Auch die Löwen auf den steinernen Torpfosten hatten ihren angestammten Platz verlassen. Nur eine halbe Pfote war im Zementsockel stecken geblieben. Das Schild einer Wach- und Schließgesellschaft, die ihre Bemühungen offenbar schon vor Jahren eingestellt hatte, verbot den Zutritt. Dahinter stand das gelbe Gras hüfthoch. Plastikfetzen, Bierdosen, Glassplitter und das Gestänge einer Kinderkarre in der überwucherten Auffahrt deuteten jedoch darauf hin, dass man sich durchaus Zutritt verschafft und seinen Dreck mit Fleiß abgeladen hatte. Sie standen eine Weile und starrten auf das Haus.

»Ich hab's geahnt«, sagte Berta schließlich. »Sie ist weg. Vielleicht im Altersheim?«

»Aber nicht erst seit gestern. Es ist ja alles völlig verwildert und verkommen.«

»Wie ärgerlich! Was machen wir jetzt?«

»Na, reingehen«, sagte Lina. »Kannst du klettern?« Ihre Mutter blickte sie empört an.

»Für wen hältst du mich? Ich bin vielleicht nicht mehr die Jüngste, aber durchaus in der Lage, unerlaubt ein fremdes Grundstück zu betreten. Geh du mal voran!«

Sie wanderten ein Stück die Landstraße zurück, die Sandsteinmauer immer im Blick, bis sich ein Trampelpfad zwischen Klettkraut und Brennnesseln öffnete, der nach wenigen Schritten vor einer Lücke und einer Geröllhalde endete. Hier hatte offenbar jemand Sandsteinquader abgebaut, die dann denselben Weg wie die Löwen auf dem Tor gegangen waren. Lina kraxelte hinauf und reichte ihrer Mutter die Hand. Als sie auf der anderen Seite wieder festen Boden unter den Füßen hatten, waren beide außer Atem und blitzten sich unternehmungslustig an. Berta Weil übernahm die Führung.

»Mir nach, Watson«, sagte sie, »wir verfügen uns jetzt zum Tatort«, hob die Arme über das aufgeschossene Kraut und begann rudernd den Hügel hinaufzuwaten.

»Anthriscus sylvestris?«, fragte Lina.

»Unfug«, erwiderte Berta über die Schulter, »Galium aparine, Urtica. Pass auf, Rubus-Fußangeln und Heracleum giganteum – nicht anfassen, davon kriegst du Ausschlag.«

Lina raffte die Schöße ihres langen Mantels und folgte ihrer Mutter. Sie erreichten die abgesackten Steinstufen der Freitreppe und tasteten sich zur Terrasse hinauf. Oben drehte sich Berta Weil um und blickte zum Tor.

»Oh, die Paulownia ist weg.«

Lina ging weiter durch den gähnenden Türrahmen in die Vorhalle, und obwohl sie sich gewappnet hatte, den Ort verändert vorzufinden, traf die Verwüstung sie ins Herz. Vandalen hatten mit schwerem Gerät auf die Marmortreppe und das eiserne Geländer eingeschlagen, die bunten Scheiben zertrümmert, Feuer an das hölzerne Maßwerk der Spitzbogenfenster gelegt. Ein wilder Wein schlängelte sich von außen herein und schob Ranken über die Treppe, Vorboten einer Invasion, der das Haus unterliegen würde. Sie suchte den Weg ins Frühstückszimmer. Durch die Decke und den bunten Stuckkranz aus Blumen und Früchten hatte sich der Fußboden des oberen Stockwerks erbrochen. Lina ging zu ihrer Mutter zurück, die noch immer von der Terrasse aus die Umgebung musterte.

Hier hatten an dem schicksalhaften Abend Lampions im Luftzug geschaukelt. Windlichter flackerten auf der Balustrade. Die Köchin in Weiß präsidierte hinter dem Buffet, und ein großer Junge, der sonst eine Gärtnerschürze trug, ging mit einem Tablett herum und bot den Gästen kalten Weißwein in grünstieligen Gläsern an. Onkel Heinrich legte Platten auf. Welche Musik mochte er? Doch hoffentlich nicht nur das Jägerlied vom harten Mann im wilden Forst. Vielleicht ein bisschen klassischen Jazz? Man tanzte eng. Rose in Heinrichs Arm in einem schwarzen Seidenkleid mit Klatschmohnblüten. *Round midnight*, der Klang des Saxophons zog wie eine dünne Rauchfahne in die Nacht. Ein junges Mädchen hatte sich umgedreht und war gegangen. Niemand wollte es bemerkt haben. Sie hatte höchstens ein halbes Glas Wein getrunken. War sie allein und traurig? War ihr jemand gefolgt? Wen hatte sie vor ihrem Tod umarmt? Für wen das Kleid ausgezogen, da sie ja nicht schwimmen gehen wollte? Lina konnte es nicht mehr ertragen.

»Komm, wir gehen, Mama, hier ist alles nur noch schrecklich.«

»Aber nein, Linchen, sieh doch, die meisten der herrlichen alten Bäume haben sich gehalten. Lass uns wenigstens noch einen Blick in den Garten auf der

Rückseite werfen. Liegt dort das bewusste Schwimmbecken?« Und schon war sie zielstrebig aufgebrochen, durchquerte die verwüstete Halle und verschwand in einem Korridor, der zur Hintertreppe ins Souterrain, zur Wäschekammer und am anderen Ende wieder hinaus in einen Innenhof führte. Nichts fanden sie unterwegs heil vor, alles war zerschlagen, eingetreten, angesengt.

»Hätte ein schönes Hotel abgegeben, was Lina?« Sie antwortete nicht.

Die beiden traten in den Hof, einen großen Schacht, über den die Sonne hinweg schien, und blickten sich um, als in einem oberen Stockwerk ein Fensterladen aufgestoßen wurde und ein Mann herausschaute.

»Hallo«, rief Berta Weil, »wir wollten uns nur ein wenig umschauen. Dürfen wir?«

»Treten Sie ruhig näher«, rief der Mann zurück. »Ich bin auch nur ein Einbrecher.« Höfliches Lachen von unten nach oben.

»Dies ist doch das Haus von Rose Weil, nicht wahr?«

»Ah, Sie meinen Madame Bruant?«

Lina fuhr zusammen, aber ihre Mutter rief kaltblütig.

»Ganz recht. Wo können wir sie finden?«

»Keine Ahnung.«

Der Mann hatte sich gelassen mit den Ellenbogen auf die Fensterbank gestützt und die Hände gefaltet, als hielte er mit Nachbarn einen Schwatz über die Straße.

»Haben wir uns schon mal gesehen, junge Frau?«

»Nicht, dass ich wüsste«, sagte Lina laut. »Aber ich bin als Kind hier gewesen.«

»Das Linchen«, sagte der Mann, »ganz unverkennbar.« Lina fühlte den Stich. Ihre Augen, das Kinn, die Sommersprossen und das dünne Haar – immer schon unverkennbar. »Ich war hier Gärtner«, verriet er. »Jetzt passe ich gelegentlich auf das Haus auf.«

»Ein bisschen zu spät«, entfuhr es Lina.

Der Mann lachte, richtete sich auf und zog den Laden zu. Sie warteten vergeblich, dass er herabgestiegen kam.

»Sie war ihre Tochter!«, sagte Lina im Weitergehen. »Bruant. Marion war die Tochter von Rose, nicht der Hausgast. Warum diese Heimlichtuerei?«

»Unehelich?«, rätselte ihre Mutter. »Komm, Lina, zeig mir den Weg zum Schwimmbecken. Ich muss es unbedingt sehen.«

»Mama, lass es doch. Ich finde alles hier so bedrückend.«

»Ach, was! Deshalb sind wir doch extra hergekommen.«

»Wir sind gekommen, weil wir mit Tante Rose sprechen wollten.«

»Und jetzt sind wir hier. Schau mal Lina, es scheint sich ja doch jemand zu kümmern. Da hat er eine neue

Tür mit einem Vorhängeschloss eingebaut. Ob der Herr Einbrecher dahinter seine Beute sichergestellt hat?«

Auch der Weg in den Garten war gemäht. Sommerduft stieg aus dem Gras. Weiße Rosen schäumten über ein verrostetes Spalier.

»Alba Maxima«, murmelte Berta Weil. »Die überlebt uns alle.« Unter dem borstigen Unkraut waren Beetumrandungen zu erkennen, ein Wegekreuz mit einem Sockel, auf dem eine Sonnenuhr stand, doch Kletten und Zaunwinden hatten alle Rabatten unter sich begraben. Nur hier und da ragte ein dürrer Wedel oder eine mumifizierter Blüte durch die grüne Woge, Nachkommen einer Kultur, die von vitaleren Kräften überrannt worden war und im Untergehen flehentliche Signale zu senden schien. Berta Weil, die bester Laune durch das verwüstete Haus gegangen war, vernahm sie und zerrte ärgerlich an den klebrigen Ranken.

»Eine Schande!«

Lina spürte, wie ihr der verdorbene Tag zuzusetzen begann und dass sie auf der Stelle umkehren musste, wenn sie nicht vor Ärger und Enttäuschung in Tränen ausbrechen wollte; Tränen, die an ihrer Mutter abperlen würden wie Regentropfen an einem Gummibaumblatt. Sie entschied, ihre Verbitterung in eine Art Lustigkeit zu kleiden, blieb stehen, hob den Zeigefinger und begann laut zu deklamieren:

»Wie ekel, schal und flach und unersprießlich scheint mir das ganze Treiben dieser Welt.«

»Wovon redest du?«

»Pfui! Pfui darüber!«, rief Lina und schüttelte den Zeigefinger, »'s ist ein wüster Garten, der auf in Samen schießt; verworfnes Unkraut erfüllt ihn gänzlich.«

»Dazu musst' es kommen«, sagte der Mann hinter ihnen. Sein Schritt auf dem Gras war so leise gewesen, dass sie ihn nicht hatten kommen hören. »William Shakespeare. Hamlet – Willkommen im Garten.«

Er war lang und sehnig und hielt sich ein wenig vornüber gebeugt, trug eine zerschlissene Jeans mit erdfarbenen Partien, die auf seine Gewohnheit deuteten, sich die Hände am Hosenboden abzuwischen, und ein bis über die Ellenbogen aufgekrempeltes kariertes Hemd. Seine Hände waren groß, sein Haar lang und von grauen Fäden durchzogen. Man sah ihm an, dass er viel an der frischen Luft war.

»Ich bin Johann Gerswiller«, sagte er. »Tut mir leid, dass ich vorhin so unhöflich war.«

Lina sah an Bertas Lächeln und der Geste, mit der sie ihre Frisur aufstellte, dass der Gärtner Gerswiller ihr gefiel und sie sich gerne länger mit ihm unterhalten würde. Hört das denn nie auf? dachte sie.

»Sehr erfreut. Berta Weil. Meine Tochter Lina kennen Sie ja von früher. Wir haben einen kleinen Ausflug in die Vergangenheit gemacht.« Ihr Ärger war spurlos verflogen; sie wirkte wohlig erregt, und da sie nun mit einem von der Zunft sprach, fuhr sie in einem Ton fort, der vertraulich und nur entfernt nach Rüge klang: »Das muss eine herrliche Anlage gewesen sein. Ich sehe, sie hatten Päonien.«

»Oh ja, die haben wir immer noch, eine ganze Böschung voll, sowohl officinalis als auch tenuifolia.« Mit ausgestrecktem Arm beschrieb er einen Halbkreis um die verwilderte Scholle. Berta Weil sah ihn an, als wolle sie sagen: Und, wo sind sie? Warum unternehmen Sie nichts, junger Mann?! Gerswiller lächelte, als habe er sie völlig verstanden.

»Es sind über zwei Hektar Ziergarten – ohne den Park und das Arboretum. Ich habe weder den Auftrag noch die Befugnis, mich um die Pfingstrosen zu kümmern. Als Madame Bruant Buchfinkenschlag verließ, sorgte sie freundlicherweise für ihr Personal. Ich wohne da unten in dem kleinen Haus«, – er winkte in den Park hinein – »und kann gerade so viel tun, dass die Wildnis nicht über mir zusammenschlägt.« Er schaute Lina an und sie errötete, weil er sie dabei ertappt hatte, wie sie seinen braunen Arm und seine kräftigen Handgelenke betrachtet hatte. Sein Lächeln war ebenso heiter wie herausfordernd; dabei bildete sich ein Grübchen in der langen Falte seiner linken Wange. Sieh an, dachte Lina, ich bin für den Charme der Gärtner auch nicht unempfänglich.

»Wann ist Madame Bruant ausgezogen«, fragte sie. »Steht das Haus seitdem leer? Für mich sieht es aus, als hätte da drinnen jemand alles mutwillig kurz und klein geschlagen.«

»Madame Bruant ist weggezogen, nachdem ihre Tochter hier verunglückt ist. Sie sind doch wegen des Unglücks gekommen, oder? Gestern war schon ein Herr in dieser Sache da, Ihr Cousin, Herr Eilemann. Er hat mich das Gleiche gefragt. Wie kommt es plötzlich zu diesem wieder erwachten Interesse?«

Lina spürte den Wechsel der Tonart. Und Horst Knatterton Eilemann suchte also auch nach Tante Rose. War das seine heiße Spur? Doch bestimmt hatte er Gerswiller nichts von dem Testament erzählt und dass er hinter dreißigtausend Euro her war.

»Sie kennen meinen Cousin?«

»Ich habe seine Mutter gekannt. Sie kam oft zu Besuch. Aber warum sind Sie hier?«

»Mein Onkel Heinrich ist vor kurzem gestorben«, sagte Lina. »Er war überzeugt, dass der Tod von Marion Bruant kein Unfall war, und wünschte, dass seine Familie die Sache aufklärt.«

»Ja?«, sagte Gerswiller. So weit war er also auch im Bilde.

»Wir wollten Frau Weil besuchen – Madame Bruant, also, meine Tante. Wir hatten gehofft, dass sie noch immer hier wohnt,« fuhr Lina fort, der sein Schweigen den Wind aus den Segeln nahm.

»Und weil Heinrich Weil sich nicht mehr nach Buchfinkenschlag getraut hat, wollen Sie nun mit Madame Bruants Hilfe ein Unglück aufklären, das über dreißig Jahre zurückliegt?«

»Sich nicht getraut?«, erwiderte Lina empört. »Sie hat ihm ja das Haus verboten. Sie hat ihn praktisch fortgejagt.«

»Ach ja? Hat er auch gesagt, warum?«

»Nicht streiten!«, rief Berta Weil, »ganz sicher wollte mein Schwager Madame Bruant mit seinen letzten Worten nur sagen, dass ihn an dem furchtbaren Unglück keine Schuld trifft.«

»Allmächtiger!«, sagte Gerswiller und schaute die beiden Frauen an wie der Pfarrer, der den Konfirmanden die Sünde erklären soll. »Was ist denn das für eine Geschichte?« Sein Blick hielt Linas Augen fest. »Ich erzähle Ihnen eine andere, wenn es Sie interessiert. Haben Sie Lust, einen Tee bei mir zu trinken?« Ihre Mutter war wieder die Schnellere.

»Das wäre nett. Wir kommen gerne.« Hinter seinem Rücken beschied sie Lina mit einem Kopfrucken, nicht herumzustehen, nahm ihren Arm und beide folgten Johann Gerswiller durch den restlichen Garten, auf einen Weg, der an den Ruinen von Backsteinhäusern mit vernagelten Fensterhöhlen und einem Tennisplatz entlangführte. Nur ein rosa Schimmer unter dem dürren Gras und ein morsches Netz erinnerten noch an seine Bestimmung. Lina blieb stehen.

»Hier haben wir Federball gespielt.«

Gerswiller strebte weiter. Er hatte einen raschen, selbstbewussten Gang. Wie ein Junker über seine angestammten Latifundien, dachte sie – oder wie ein Einbrecher, der sich ganz zu Hause fühlte.

»Das war einmal ein ziemlich großes Anwesen«, erklärte er. »Der alte Herr, Madames Großvater, hatte eine Brauerei; ein reformfreudiger Mann. Als er Buchfinkenschlag erbaute, sorgte er auch für anständige Unterkünfte für seine Leute. Die Küchenmädchen mussten nachts nicht vor der Kohlenkiste schlafen. Das hier war das Haus für die Diener und die Hilfsgärtner. Der Chauffeur hatte zwei Zimmer über der Remise, und der Obergärtner hatte es am besten getroffen. Jetzt gibt es hier außer mir kein Personal mehr; strenggenommen gibt es mich auch nicht. Ich wohne in der Obergärtnerhütte.«

Im Gehen blieb Gerswiller mit dem Garten in Verbindung. Lina glaubte ihm nicht. Die Art, wie er Grasrispen durch die hohle Hand zog, Zweige streifte und Blätter berührte, hielt sie für die Darstellung einer überlegenen Naturbeziehung. Er gibt für uns den Pflanzenversteher, dachte sie und fühlte sich in

Sicherheit. Unter einem Apfelbaum las er einen abgebrochenen Ast auf.

»Sie schnitzen?«, fragte Berta.

»Ich heize.«

Die Obstbäume standen in Reihen wie in einer Plantage, aber nur wenige Kronen grünten noch. Die meisten Veteranen waren von Kletterpflanzen eingesponnen. Dürre Wipfel sträubten sich vor dem Himmelsblau. Hier könnte er doch wenigstens ein bisschen aufräumen, dachte Lina, die es mit der Ordnung und den Bäumen hielt. Hintereinander marschierten sie durch den alten Hain. Dann verbreiterte sich der Pfad und lief auf ein weiß verputztes Haus zu. Es war in der Tat sehr klein – nur das Erdgeschoss mit einem Schornstein an jeder Giebelwand, aber es hockte so selbstzufrieden zwischen den Büschen wie die Henne auf dem Ei.

Durch eine Öffnung in der Hecke führte der Weg bis zur Haustür, überwölbt von einem halbrunden Drahtspalier. Um seine Stäbe wand sich ein Zopf aus grauen Ästen. Gelbe Blüten hingen wie Trauben aus dem hellen Laub. Rechts und links des Wegs neigte sich ein buntes Blumengewuschel über die Ränder und stieg in hohen, ernsten dunkelroten und blauen Stauden zur Hecke an. Hier also, dachte Lina, waltete die ganze Liebesmüh. Sonstwo mochten die Apfelbäume zusammenkrachen, das Unkraut meterhoch stehen und die Pfingstrosen verschmachten – dies war der innere Kreis, den er gegen die Wildnis verteidigte. Sein Garten.

»Oh, wie reizend!«, rief ihre Mutter erwartungsgemäß, als sie durch die Hecke trat, und schaute sich eifrig um. »Sie haben ja auch so schöne Delphiniums – sind das Elatum-Hybriden von Foerster? – Finsteraarhorn, ja, das dachte ich mir, und Aconitum und Laburnum und gelbe Digitalis und wie gut macht sich die prachtvolle Ipomoea tricolor in der Eibe! Wie in meinem blauen Boudoir. Was haben wir hier mit den herzförmigen Blättern?«

»Aristolochia.«

»Oh, tatsächlich! Sehr attraktiv. Und Papaver somniferium. Sagen Sie, lieber Herr Gerswiller, darf man den …?«

»Selbstverständlich.«

»Und wenn sie aus dem Haus treten, weht Ihnen gleich der betörende Duft dieser herrlichen Datura um die Nase.« Sie blieb vor einem großen Keramikkübel stehen, in dem ein Busch mit großen Blättern spross, aus dessen Zweigen schmale, butterweiße Glocken hingen, deren Ränder violett überhaucht und wie ein gestärkter zipfeliger Rock aufgebogen waren. Berta bückte sich und schnupperte daran. »Ah, köstlich, ganz exquisit! Wie bringen sie die über den Winter?«

»Ich habe noch ein kleines Gewächshaus. Dort ziehe ich auch Tomaten und Paprika und trockne die

Kräuter.« Er wedelte wieder in den Park hinein. »Ich hab' sogar Melonen.« Im Reden warf er den mitgebrachten Ast auf einen Holzstapel an der Hauswand und öffnete die Tür.

»Tatsächlich? Erstaunlich!«, murmelte Berta und Lina glaubte, ihre Mutter bewundere noch immer Gerswillers botanische Errungenschaften. Über die Schwelle trat man direkt in die Küche, die offenbar auch als Wohnzimmer diente. Der Raum füllte fast das ganze Haus bis auf eine Tür am linken Ende, die offen stand und den Blick auf das Fußende eines Betts freigab. Im Zimmer roch es nach kaltem Holzrauch.

Wenn Lina eine Männerwirtschaft mit Campingkocher, zusammengeschusterten Möbeln, Wollmäusen in den Ecken und einem durchhängenden Sofa erwartet hatte, das seine Schande unter einer billigen bunten Decke verbarg, sah sie sich getäuscht. Johann Gerswiller lebte komfortabel mit einer perfekten kleinen Küche, einem abgetretenen aber sauber gefegten Dielenboden, vollen Bücherregalen, einem polierten Tisch am Fenster und vier Sheraton-Stühlen, die ihr vage bekannt vorkamen, einem Sekretär aus der gleichen Epoche mit zwei Kupferstichen darüber, die jagdbares Wild an der Tränke zeigten und von denen Lina seit kurzem wusste, dass sie den Gegenwert eines Heißwasserboilers und eines isolierverglasten Fensters darstellten. Sie war nicht freundlich gesinnt. Gerswiller füllte den Kessel an der Spüle.

»Kamille, Malve, Hagebutte, Minze, Vervaine – oder meine Hausmischung?«

Lina öffnete den Mund um nach den Bestandteilen der Hausmischung zu fragen, aber ihre Mutter hatte schon entschieden. »Vielen Dank, wir nehmen Minze.«

Was Lina nicht entdeckte, waren Spuren, die auf die ständige Anwesenheit einer Frau schließen ließen. Das Bett war schmal. Es gab nur einen Sessel unter der Leselampe, einen eisernen Ofen, vor dem Asche in einem offenen Blechkasten lag, einen dunkelroten Kelim, aber keine Gardinen, keine Zierlichkeiten und nicht das kleinste Blümchen, das seinen Weg aus der Gartenpracht in eine Vase gefunden hätte. Er weiß, dass er und seine Stube vorzeigbar sind, dachte sie, sonst hätte er uns nicht eingeladen. Und er wollte, dass Mama seinen Garten bewundert. Eitler Kerl.

Während Gerswiller mit der Kanne hantierte, sich nach der Teedose reckte und nach den Bechern bückte, ein Küchenhandtuch aus dem Schrank zog und das kochende Wasser über die Blätter goss, war sie in den Anblick seines langen Rückens und in eine kleine erotische Phantasie versunken. Als er sich plötzlich umdrehte, schien er die ganze Zeit vor sich hin gelächelt zu haben. Er breitete das Handtuch über den Tisch und stellte die Becher darauf.

»Muss noch ziehen«, erklärte er und setzte sich zwischen sie. Dann öffnete er die Schublade, holte eine Blechdose mit Tabak und Papier heraus und begann sich in Ruhe eine Zigarette zu drehen. Weder bot er den Frauen etwas zu rauchen an, noch fragte er, ob der Qualm sie störe. Berta, deren Strahlen im Haus deutlich abgenommen hatte, schob entrüstet ihren Stuhl zurück.

»Sie wollen wissen, warum sich Heinrich Weil nicht mehr nach Buchfinkenschlag traute?« Er leckte schnell über das Zigarettenpapier und beim Anblick seiner Zungenspitze wusste Lina, dass ihr Körper anders entschieden hatte als ihr Kopf.

»Als er hierher kam, war Madame Rose mit Monsieur Bruant verheiratet. Marion war ihre Tochter. Aber sie lebte die meiste Zeit in einem Internat in Genf, denn hier herum gab es noch nie irgendwelche Höheren Schulen. Ihr Onkel Heinrich wurde von unserem Forstverwalter im Haus eingeführt. Er sah nicht schlecht aus und war etliche Jahre jünger als Madame.« Gerswiller pflückte sich einen Tabakkrümel von der Zungenspitze und sah Lina dabei in die Augen.

»Sie können sich denken, wie es weiterging? Bruant schaute sich das Techtelmechtel zwischen seiner Frau und Weil nicht lange an. Er hatte schon immer einen sehr unangenehmen Hang zu Gewalttätigkeiten und ging eines Abends im Streit mit der Kaminschaufel auf sie los. Es geschah ohne Zeugen, und als Madame Rose die Scheidung wollte, hat sich Bruant nicht einfach abservieren lassen.« Gerswiller stand auf, kam mit der Kanne an den Tisch und schenkte redend ein.

»Bruant kaufte ein Haus hier im Dorf neben der Kirche und ließ nicht locker. Er kam immer wieder und versuchte sich mit Madame Rose zu versöhnen, aber sie wollte nur noch mit Heinrich Weil zusammen sein.«

Das hätte ich auch gewollt, dachte Lina. Sie suchte den Blick ihrer Mutter, die jedoch mit gesenkten Augen vor ihrem vollen Becher wie vor einem Orakel saß.

»Madame Rose nahm sogar seinen Namen an. Oh lala, wer von uns dann noch wagte, sie mit Bruant anzusprechen, der konnte was erleben.« Er lachte. »Vielleicht geschah es, um Bruant zu zeigen, dass er sich seine Wiedervereinigungsversuche sparen konnte, und irgendwann hat er es wohl kapiert. Im Dorf hieß es, er sei nach Genf gezogen, um in der Nähe von Marion zu sein. Im Jahr darauf kam sie aus dem Internat nach Hause.«

Er blies über den heißen Tee und schlürfte ungeniert. Lina machte sich nichts aus Minze, aber um seine Gastfreundschaft zu würdigen, nippte sie ebenfalls am Tee, geräuschlos.

»Wenn sich ein Junge zum ersten Mal verliebt, glaubt er, sein Mädchen sei der wunderbarste Mensch auf der Welt.«

Lina wechselte einen Blick mit ihrer Mutter. Keine von ihnen wollte Johann Gerswillers erste Liebesgeschichte hören, und er machte es dankenswerter Weise kurz. »Sie war nicht wunderbar. Sie war«, – diesmal nahm er Rücksicht auf die Ohren der alten Dame – »sehr reif für ihr Alter und ließ sich absolut nichts sagen; sehr süß und sehr boshaft. Es hat ihr Spaß gemacht, die Leute gegeneinander aufzubringen, und ich fürchte, sie konnte auch ihre Finger nicht immer bei sich behalten. Man sollte meinen, dass sich eine Mademoiselle Bruant ihre Wäsche selbst kaufen kann. Aber sie nahm sie einfach von der Leine des Personals, und als das Hausmädchen sie in ihrem Hemd sah und sich aufregte, nannte sie Marie ins Gesicht hinein eine Lügnerin.«

»Wie unschön!«, sagte Berta Weil und trank endlich ihren Tee. »Was diese Mademoiselles in der Schweiz alles lernen – tzt! Schwimmen gehörte offenbar nicht dazu«, fügte sie in gewohnter Gefühllosigkeit an.

Gerswiller warf ihr einen Blick zu, der Bertas Interesse schnell wieder auf den Tee lenkte.

»Aber sie war doch erst siebzehn«, beschwichtigte Lina. »Junge Mädchen sind in dem Alter manchmal ein bisschen orientierungslos.«

»Fünfzehn«, sagte Gerswiller, »sie war erst fünfzehn. Das hat Madame Bruant im Nachhinein für die Presse etwas nach oben korrigiert. Marion ist in Genf von der Schule geflogen, weil sie in der Umkleidekabine vom Sportplatz mit den anderen Mädchen Gras geraucht hat.«

»Gras kann man rauchen?«, fragte Berta Weil irritiert, bekam aber keine Antwort.

»Das haben wir doch alle mal probiert«, wandte Lina ein.

»Ja, das haben wir probiert. Das und anderes.« Gerswiller zog scharf an seiner krummen Zigarette, die er zwischen Daumen- und Zeigefingerspitze hielt, kniff die Augen im Rauch zusammen und drückte dann den Stummel aus. »Ich glaube jedenfalls, Madame Bruant war das aufsässige Kind im Haus bald leid. Sie war nicht so der mütterliche Typ, zumal cher Henri anfing, um die Kleine herum zu scharwenzeln. Wenn er so dicht hinter ihr stand und den Feldstecher hielt, damit sie die Vögel in den Bäumen betrachten konnte ... Schwimmunterricht im Badebecken mit Hilfestellung hier und dort. Alter Depp! Sie hat nur über ihn gelacht. Was die Alten nicht wussten, war, dass wir uns nachts am Tennisplatz trafen, und dann haben wir eben nicht nur heimlich geraucht. Oder Federball gespielt.«

Er verzog den Mund, aber es wurde kein Lachen daraus. Lina schob ihren Becher weg. Sie würde keine weiteren Gefälligkeitsgesten leisten.

»Wollen Sie wissen, was in der Nacht vom 21. Juni passiert ist?« Er wartete nicht auf Antwort. »Während alle auf der Terrasse feierten, ist Heinrich Weil mit Marion auf den Turm im Haus gestiegen. Diesmal ging es um die Sterne, die er ihr zeigen wollte, und diesmal waren es nicht nur ein paar unerlaubte Griffe in die Weichteile. Er hat versucht, sie da oben zu vergewaltigen, und nur weil sie so ein fixes Mädchen war und sich zu wehren gewusst hat, kam sie heil durch die Tür und die Treppe runter. Da stand ihre Mutter und das war's dann.

»Und das soll ich glauben?«, sagte Lina ärgerlich. »Mein Onkel war ein harmloser, freundlicher Mensch. Er hat sich nichts aus Schulmädchen gemacht. Ich weiß, dass er mit seiner Frau glücklich war.«

»Ganz wie Sie meinen«, erwiderte er kalt. »Jedenfalls nicht glücklich genug, dass Madame seine Gesellschaft nach Marions Tod noch ertragen konnte.«

Berta Weil, die einen Konflikt aufziehen sah, mischte sich rasch ein.

»Bitte erzählen Sie weiter. Was passierte auf dem Fest?«

»Nichts«, sagte er, »es ging einfach weiter; man wollte ja keinen Skandal riskieren.«

»Und Sie haben auch nichts gemerkt? Sie waren doch auf der Terrasse.«

»Ich habe nicht mal mitgekriegt, wie Marion wegging. Es waren über vierzig Gäste da, und die haben alle kräftig geschluckt. Als die Sucherei losging, bin ich zum Tennisplatz gelaufen, aber da war sie nicht. An das Schwimmbecken habe ich überhaupt nicht gedacht. Erst als es hell wurde. Am nächsten Morgen habe ich sie da gefunden.«

Lina schwieg, aber ihre Mutter spielte weiter Detektiv:

»Dann haben Sie auch nicht gemerkt, ob einer der anderen Gäste weggegangen ist?«

»Doch. Der liebe Henri war eine ganze Weile verschwunden. Madame wurde sehr nervös und fragte mich, ob ich ihn gesehen hätte. Die Auffahrt und der Garten waren beleuchtet, aber der Park lag im Dunkeln und die Gäste nahmen Lampions mit, um sie zu suchen. Nur Weil, der große Jäger und Fallensteller, hatte eine Taschenlampe dabei, als er loszog. Er war der Letzte, der zurückkam, aber er hatte sie natürlich auch nicht gefunden.« Die beiden Frauen sahen sich an.

»Und dann haben sie einfach aufgehört zu suchen und sind alle ins Bett gegangen?« Lina meinte, in seiner selbstgewissen Oberfläche zum ersten Mal einen feinen Riss zu bemerken. Er wurde förmlich.

»Die meisten Gäste schlossen sich der Meinung von Madame Bruant an, dass Marion ihnen allen einen Streich spielen wollte und je weniger man sie beachte, um so eher würde sie wieder auftauchen.« Dann fuhr er in seinem üblichen achtlosen Ton fort. »Nur Weil gab keine Ruhe und rannte noch einmal los. Weiß der Fuchs, wohin und wann er zurückkam.«

»Was wollen Sie damit andeuten?« Er hob die Augenbrauen, die Hände, die Schultern in ironischer Darstellung seiner Ahnungslosigkeit.

»Glauben Sie etwa, er ist ihr gefolgt? Warum ist sie überhaupt zum Schwimmbecken gelaufen? War sie verzweifelt oder beschämt wegen dieses Vergewaltigungsversuchs? Oder war es vielleicht gar keiner? Ich habe im Polizeibericht gelesen, dass Marion vor ihrem Tod … mit einem Mann Verkehr hatte.« Sie brachte den Namen ihres Onkels nicht über die Lippen.

»Aber Lina!«, sagte ihre Mutter schockiert. Gerswiller war rot angelaufen. Er hatte sie verstanden.

»Nein«, sagte er, »ganz bestimmt nicht. Sie hätte niemals mit diesem … mit Heinrich Weil freiwillig … das hätte sie mir nie … das hätte sie nie getan.« Er verstummte wütend. Dann, dachte Lina, kommst eigentlich nur noch du in Frage. Sie hätte es ebenso gut laut sagen können.

»Sie war ein bisschen wild«, sagte er ruhiger, »aber wir haben zusammen gehalten. Sie war meine Freundin. Ich weiß nicht, was sie dazu gebracht hat, in dieses verdammte Becken zu springen. Nein, ich weiß es nicht. Ich wünsche seit dreißig Jahren, ich wüsste es.«

Sie schwiegen. Es gab keinen Grund, noch länger mit ihm am Tisch zu sitzen. Aber da war eine Frage, auf die Lina keine Antwort bekommen hatte.

»Warum ist das Haus so verwüstet? Das kann doch nicht nur daran liegen, dass es unbewohnt ist. Für mich sieht es nach planvoller Zerstörung aus.«

»Das war es auch«, sagte Gerswiller. »Madame Rose wollte hier nicht bleiben. Sie ist ein halbes Jahr später weggezogen, irgendwo zu Verwandten in Frankreich, und hat versucht, Buchfinkenschlag zu verkaufen. Aber schauen Sie sich den Kasten an. Für so etwas gab es schon vor dreißig Jahren keinen Käufer, und eine Landkommune wollte Madame nicht unbedingt hier haben. Ich war so etwas wie der Verwalter und eine Weile konnte ich das Haus auch einigermaßen in Schuss halten. Aber ich konnte nicht verhindern, dass Bruant bei Nacht und Nebel mit seinen Knechten anrückte. Er nahm sich, was er kriegen konnte, und die Typen haben derweil das Haus zerlegt und angesteckt.

»Warum denn das?«, rief Lina entgeistert.

»Vielleicht um sich an ihr zu rächen, weil sie auf Marion nicht aufgepasst hat und mit Henri ins Bett gegangen ist, statt mit ihm. Er war ein ziemlich übler Patron. Damals gab's noch keine Mobiltelefone, aber irgendjemand im Dorf hat die Feuerwehr gerufen, und als die anrückte, sind die Typen abgehauen. Da hatte ich das Feuer in der Halle schon mit dem Eimer gelöscht. Madame wollte keine Anzeige erstatten; ich glaube, sie hat versucht, Buchfinkenschlag ganz aus ihrem Gedächtnis zu streichen. Sie konnte nicht einmal mehr von Marion als ihrer Tochter sprechen. Sie nannte sie ihren Hausgast.«

»Unglaublich!«, murmelte Berta.

»Allerdings war ich danach meinen Job als Verwalter los.«

»Aber Sie sind immer noch hier.«

»Stimmt«, sagte er, »ich bin nicht so leicht auszureißen wie ein verworfnes Unkraut, und einer muss schließlich ein bisschen aufpassen.«

»Sie sind der Hausbesetzer?«

»Sieht so aus«, erwiderte er karg.

Was macht er nur hier, dachte Lina, wovon lebt er? Auf dem Schreibtisch standen weder Telefon noch Computer. Es gab keine Papiere, die auf ein Geschäft hinwiesen, nicht einmal eine Zeitung lag herum. Aber Gerswiller hatte nun alles gesagt, was er freiwillig preisgeben wollte, und stand auf. Auch die Frauen erhoben sich. Berta Weil schien es plötzlich eilig zu haben.

»Jetzt müssen wir uns aber wirklich verabschieden«, trillerte sie, als habe sie schon wiederholt zum Aufbruch gedrängt. »Haben Sie vielen Dank für den Tee.« Linas letzte Gelegenheit war gekommen.

»Können Sie mir Madame Bruants Adresse geben?«

»Sie geben wohl nie auf?«, erwiderte Gerswiller. »Nein, kann ich nicht.«

»Bitte!«, sagte Lina. »Ich muss mit ihr sprechen. Verstehen Sie nicht, dass mir auch an dem Haus liegt und dass ich nicht nur aus Neugier hier herumschnüffele? Ich bin sehr gern in Buchfinkenschlag gewesen, als ich klein war.« Und weil sie sich noch immer über seinen Sarkasmus ärgerte, fügte sie hinzu: »Und ich hatte auch meinen Onkel Heinrich sehr gern. Wenn er schreibt, dass ihn keine Schuld trifft, dann glaube ich ihm das.«

»Ihr Wagen steht sicher unten an der Straße«, sagte er, als habe er sie nicht gehört. »Ich bringe Sie hin. Dann müssen Sie nicht durch den ganzen Park zurücklaufen.« Er nahm einen Schlüsselbund vom Schreibtisch und ging voraus. Hinter dem Haus herrschte die gleiche geheimnisvolle Aufgeräumtheit wie drinnen. Der Hof zwischen zwei niedrigen Anbauten war leer bis auf eine Regentonne, um die grüne Farnwedel sprossen. Hinter dem offenen Fenster des rechten Anbaus lief ein Motor und dünstete Dieselschwaden aus. Seine Stromversorgung, dachte Lina. Hier kann er so laut herumstänkern, wie er will. Auch eine Form von Autarkie; wie das Feuerholz, das in gleichmäßigen Scheiten unter dem linken Vordach gestapelt war. Mitten im Hof stand ein Landrover ohne Türen und Nummernschild. Gerswiller half Berta auf den Beifahrersitz.

»Hier gut festhalten!« Als er sich umdrehte, war Lina entschlossen. Sie berührte leicht seinen Arm.

»Johann Gerswiller. Erinnern Sie sich noch, dass Sie mir mit der Hacke die Zweige vom Kirschbaum runtergezogen haben? Und dass einer abbrach und wir ihn zusammen versteckt haben, damit es kein Donnerwetter gab, und dass der Gärtner ihn doch gefunden hat ...«

»... und ich furchtbar eine geschmiert bekam.« Beide lachten. Dieses Grübchen! dachte Lina.

»Geben Sie mir Ihre Handynummer. Ich hab' keine Ahnung, wo Madame steckt; muss ein bisschen rumtelefonieren.«

Lina nahm auch diese Gelegenheit wahr.

»Sie erreichen mich im Festnetz unter der Nummer des Hotels Augusta«. In der Manteltasche fand sie einen alten Fahrschein und einen Bleistift.

»Sie wohnen im Hotel?«

»Es ist meins«, sagte Lina und reichte ihm die Nummer. Er grinste, stieg ein und versetzte den Landrover in rappelndes Beben. Dann fuhr er auf einen Schotterweg und zügig weiter durch das hohe gelbe Gras. Die Halme schabten am Autoblech, die warme Luft vibrierte vom Schellen der Grillen. Lina auf dem Rücksitz lachte.

Gerswiller setzte sie vor dem Ortsschild ab, wendete, hob grüßend die Hand und rappelte den Weg zurück. Berta Weil wartete nicht, bis der Landrover verschwunden war.

»Linchen, hast du das gesehen? Dieser Garten! Hast du das gesehen?!

»Ja, Mama, wir sind durch gegangen.«

»Das meine ich ja. Er hat uns buchstäblich mit der Nase darauf gestoßen. Der ganze Garten, dieses ganze – dieses ganze Kraut!« Sie verzichtete des stärkeren Eindrucks wegen auf die lateinische Nomenklatur: »Eisenhut und Rizinus, Goldregen, Duftsiegel, Fingerhut, Osterluzei und himmelblaue Trichterwinde. Die Eibe, die Ligusterhecke. Und Schlafmohn! Ich bin sicher, den darf man gar nicht anpflanzen. Und dann noch diese monströsen Engelstrompeten neben der Tür! Das ist eine einzige Apotheke und das meiste davon hoch giftig! Mich traf bald der Schlag. Ich wage mir gar nicht auszumalen, was der alles noch in seinem Gewächshaus anbaut. Melonen, mein Gott! Weißt du, dass ich tausend Tode gestorben bin, als er den Tee aufgoss?«

»Na, du lebst ja noch«, antwortete Lina und ließ den Wagen an. »Kann ich jetzt eins von deinen belegten Broten haben? Käse, wenn welcher da ist. Nach diesem tollen Aperitif habe ich einen Mordshunger.«

»Ich wollte dir ein Zeichen geben, dass du nicht

davon trinken sollst, ehe er ihn nicht selbst probiert hatte, aber du hattest ja nur Augen für diesen – für diesen Krauter! Und gibst ihm auch noch deine Telefonnummer!«

»Mama, der Mann wird ja wohl wissen, was genießbar ist. Es war Pfefferminztee. Du siehst Gespenster.«

»Ich sehe was, was du nicht siehst«, erwiderte ihre Mutter und brachte ein Brot mit Roquefort zum Vorschein. Damit hatte die Gärtnerin unbestreitbar Recht, auch wenn sie nicht alles verstand, was sich vor ihren Augen abspielte.

Karl Weil wählte den direkten Weg. Er machte sich nicht einmal die Mühe herauszufinden, wo Buchfinkenschlag lag, sondern rief seine Tante Tilly an, kondolierte ihr zum Tod ihres Bruders Heinrich und fragte, ob er sie am Sonntag im Heim besuchen dürfe. Könne er seinen Hund mitbringen? Er sei ein ganz Braver. Tante Tillys Stimme klang leise und brüchig am Telefon, aber sie wurde sofort munter, als sie ihn verstanden hatte, und war hoch erfreut. Man könne zusammen Mittag essen, allerdings müsse Karl dann schon um elf erscheinen und wirklich empfehlen könne sie das Menu nicht. An Sonntagen gab es Rinderzunge in Burgundersoße. In den

Speisesaal dürfe der Hund auch nicht mit hinein. Sie verabredeten sich zum Kaffee. Karl würde Kuchen mitbringen.

Das Heim lag am Rand eines Dorfs und hieß nicht Heim sondern Residenz. Auf der Suche nach einem Parkplatz sah Karl weder Post noch Café, weder Bäcker noch Metzger, weder Obst- noch Zeitungsstand und schon gar keine Buchhandlung. Im Vestibül, wo eine gigantische Blattpflanze in stummer Randale gegen die Herrschaft der Langeweile aufbegehrte und sich bereits zur Übernahme des Treppenhauses anschickte, kam ihm Tante Tilly entgegen. Sie war eine kleine Frau, die tief gebückt einen Rollator vor sich herschob, aber ihre Augen waren wach und sie lächelte vergnügt. Unter dem Blusenkragen trug sie eine goldene Nadel mit einer Perle und ihre weißen Haare sahen frisch gewellt aus.

»Das ist mein Hund Plüschko«, sagte Karl, so wie sie sagen würde »das ist mein Sohn Horst«, wenn sie nur einmal dazu Gelegenheit gefunden hätte. »Darf ich den Kuchen in deinen Korb legen?«

Tante Tilly nahm vorsichtig eine Hand vom Rollatorgriff und legte sie Plüschko auf den Kopf.

»Bei dem ist wohl mal ein schwarzes Schaf durch die Familie galoppiert«, sagte sie. Der Hund hob die Schnauze und klopfte zustimmend mit dem Schwanz auf den Boden. So hatten sie gleich etwas zu besprechen und Karl fühlte die Peinlichkeit weniger, die sich einstellt, wenn man eine nahe Verwandte, die man schon fast vergessen hat, nach vielen Jahren und aus einem völlig selbstsüchtigen Grund aufsucht. Sie sprachen also über die Beschaffenheit von Plüschkos wolligem Fell und dessen schwierige Pflege, über die Gutartigkeit und Bequemlichkeit seines Charakters, die ihn, obwohl er noch gar nicht so alt war, ganze Tage unter Karls Schreibtisch verträumen ließen, während der seine Bücher abstaubte. Karl hatte ihn deshalb zum Compagnon im Antiquariat Weil & Co. gemacht. Plüschko war sein zuverlässigster Gesellschafter.

»Warts ab, bis er in mein Alter kommt«, sagte Tante Tilly und schob ihren Rollator in den Aufzug. »Dann wirst du ihn in so einem Ding spazieren fahren.«

Sie hatte ein großes Zimmer im Souterrain, das Kochnische, Wohn- und Schlafzimmer in einem war und durch dessen Glasfront man auf eine ausgedehnte spinatgrüne Wiese sah. Am Horizont standen weiße Häuser im Stil der Postmoderne, das Neubaugebiet des Dorfs.

»Schöner Ausblick, Tante Tilly«, sagte Karl zuvorkommend.

»Findest du?« Sie schob ihre Stütze zur Anrichte und seufzte: »Ich hätte dich gern richtig bewirtet, aber ich kann's leider nicht mehr. Du siehst ja. Herrje, was bin ich früher gerannt, was hab' ich getanzt! Und was hab' ich für guten Kuchen gebacken!« Sie faltete prüfend das Papier über den Marzipanhörnchen und dem gedeckten Apfelkuchen auf.

»Der ist von meinem Bäcker«, erklärte Karl.

»So.«

Er nahm ihr den Wasserkocher ab und füllte ihn über der Küchenspüle. »Sag mir nur, wo alles ist.«

Während das Wasser siedete, Tante Tilly in der Schublade nach dem Tortenheber kramte und Plüschko sich außer Reichweite des Rollators niederließ, betrachtete Karl die Bilder über der Anrichte: das ovale Porträt eines Mannes mit Uniformkragen, schmalen Schultern und Kaiser-Franz-Josef-Bart, dessen übrige Formen ein Retuscheur in sepiabraunen Dunst gehüllt hatte, daneben Tante Tilly in jungen Jahren und der verstorbene Onkel Eilemann mit seinem VW-Käfer in toskanischer Landschaft; die beiden am Geländer einer Sonnenterrasse in den Alpen und vor dem Eiffelturm; der kleine Eilemann mit Schultüte und im Konfirmandenanzug, sowie das Farbphoto eines herrschaftlichen Hauses am Ende einer Auffahrt mit einer Terrasse davor und einem Turm darüber.

»Ist das die Villa Buchfinkenschlag?«

»Ja, das ist sie. Nimmst du bitte mal die Tassen? Bei mir gibt das immer ein furchtbares Geklapper. Nein, du musst mir nicht helfen; ich kann mich alleine hinsetzen. Nur hinfallen darf ich nicht, dann kracht wieder irgendein Knochen und ich schrumpfe noch ein Stück zusammen.«

Sie schob sich vorsichtig in den Sessel am Fenster und musterte ausführlich sein Gesicht und das Pik-As-Tatoo auf seinem Unterarm.

»Wenn ich dich so sehe, dann habe ich direkt unseren Heinrich vor mir«, sagte sie lächelnd. »Du hast was um den Mund herum, wie er, nur nicht ganz so verschlagen. Na ja, nicht verschlagen«, wiegelte sie ab, »aber ein großer Tunichtgut war er wohl; einer, der an vielen Schürzenbändeln gezogen hat. Bist du ein Tunichtgut, Karl?« Sie freute sich über ihren kleinen Affront und seinen milden Protest. Dann wandte sie sich steif zu Plüschko um.

»Kriegt der Hund auch ein Stück Kuchen?«

»Nein, das bekommt ihm nicht.«

»Dann auch keinen Kaffee«, entschied Tante Tilly und ließ drei Löffel Zucker in ihre Tasse rieseln.

»Was möchtest du denn von mir wissen, Karl?«

Er hatte sie am Telefon gefragt, ob sie sich an die Villa Buchfinkenschlag erinnere, ob sie ihren Bruder Heinrich dort besucht habe und ob sie vielleicht im Juni 1977 auf dem Sonnenwendfest gewesen sei, als diese Marion Soundso zu Tode kam. Sie hatte dreimal Ja gesagt.

»Ich möchte wissen«, sagte Karl, »wie Onkel Heinrich nach Buchfinkenschlag kam. Wer war Rose? Wer war Marion? Warum glaubte er, dass sie das

Opfer eines ruchlosen Verbrechers wurde? Was ist in dieser Nacht geschehen?« Und Tante Tilly erzählte es ihm.

Das Sonnenwendfest auf Buchfinkenschlag war ein jährlicher Höhepunkt in Tante Tillys gesellschaftlichem Leben. Dann strahlte das Haus aus allen Fenstern in die Nacht hinaus und die Terrasse war immer wunderbar mit Lampions und Blumengirlanden und grünen Zweigen dekoriert. Besonders gern erinnerte sie sich an einen Herrn Stutz, der etwas bei der Bundeswehr war. Auf zwei Festen hatten sie miteinander getanzt und getändelt, bis Herr Stutz sich dann doch für eine Ingeborg entschied. Die hatte er nicht in Buchfinkenschlag kennengelernt. Sie war Avon-Beraterin.

»Aber das«, sagte Tante Tilly einfühlsam, »willst du ja gar nicht von mir hören, lieber Karl. Er fiel mir nur als Erstes ein, dieser Herr Stutz. Du willst etwas über Heinrichs Frau wissen. Röslein hat er sie genannt. Dabei konnte sie ganz schön pieksen, wenn ihr jemand nicht passte. Groß und schlank war sie und mit viel schwarzem Haar auf dem Kopf, eine richtige Erscheinung. Sie hatte auch eine Menge Geld geerbt. Nein, eigentlich war sie ja nicht seine Frau, das wusstest du doch, nicht wahr? Den Mann – seinen Namen hab ich jetzt nicht parat – den gab es ja noch irgendwo. Ich glaube, sie hat ihn ausquartiert.« Tante Tilly spießte vergnügt die Kuchengabel in den gedeckten Apfel.

»Unser Heinrich war aber auch nicht so ohne! Der hatte immer mehrere Bräute. Wenn die sich bei uns zu Hause in die Wolle gerieten, hat er seine Mütze genommen und weg war er; hat sich ein windstilles Plätzchen gesucht. Unsere Mutter musste dann schlichten. Ich könnte also nicht beschwören, dass auf seiner Seite wahre Liebe im Spiel war, als er sich dieser Rose angenehm gemacht hat. Vielleicht hat er da auch ein bisschen gemogelt.

Du weißt doch sicher, dass die Weils eine alte Försterfamilie sind. Auf dem Bild über der Anrichte, das ist unser Großvater Adam. Der war Revierförster beim Fürsten von Ysenburg und Heinrichs großer Kummer war, dass er nicht auch Förster werden konnte, weil er doch eine Brille trug. Stattdessen hat er in einer Baumschule gelernt, aber das ging nicht lange gut. Ich glaube, er hat in dieser Schule ein paar Mal zu oft gefehlt, weil er lieber unseren Vetter Fritz besucht hat. Der war Forstverwalter in Buchfinkenschlag. Heinrich brachte ein Pfund Bohnenkaffee mit und blieb sechs Wochen. In dieser Zeit ging er mit dem Fritz auf die Jagd und durfte auch mal schießen. Auf große Hirsche und alles, was man so im Wald antrifft.« Tante Tilly lachte nachsichtig.

»Auf einer Jagdgesellschaft hat er dann Rose kennengelernt. Das war eine vornehme Dame und unser Heinrich nur so ein verhinderter Förster, aber er konnte sie um den Finger wickeln; ein schmucker Mann, trotz der Brille, Gardemaß, und ein guter Tänzer. Auf dem Fest hat er immer mit allen Damen getanzt, sogar mit mir, seiner kleinen Schwester. – Ich hab doch so gern getanzt.«

»Erzähl mir von dem Fest«, bat Karl.

»Es gab richtigen französischen Champagner und immer einen Lachs, und außer diesem Herrn Stutz waren noch mehr schicke Herren da; Damen natürlich auch, meistens Bekannte von Rose, denn die Weils trugen ja die Nase sehr hoch und wollten sie nicht besuchen. Es war doch eine wilde Ehe.«

Tante Tilly hatte keine Vorurteile, sie fuhr trotz der familiären Missbilligung hin. Nicht für sechs Wochen und sie brachte auch keinen Bohnenkaffee mit, den hatten sie dort selbst, aber sie wurde immer sehr liebenswürdig empfangen. Es gab einen Tennisplatz, einen herrlichen Blumengarten und die Bibliothek. Sie hob die Hand und wies beredt auf ihre wenigen Bücher im Regal.

»Und Marion?«

»Ach, die war im Grund ein ganz armes Kind. Rose behauptete, sie sei ein Hausgast, aber ich glaube, dass sie in Wirklichkeit ihre Tochter war. Vielleicht ging da auch nicht alles mit rechten Dingen zu. Das Mädchen hat jedenfalls versucht, diesen Ehemann wieder mit Rose zusammenzubringen, wie Kinder eben so sind; der Mutter in den Ohren gelegen. Dieser Monsieur war deshalb auch auf dem Fest. Wie hieß er doch gleich? Er trug als Einziger einen weißen Smoking, keine vorteilhafte Erscheinung, hielt sich eher in den hinteren Räumlichkeiten auf. Na, ich komm noch auf den Namen. Der hat sich, glaube ich, nicht so gut amüsiert und ist auch bald wieder verschwunden, jedenfalls lange bevor das Drama losging.« Sie schabte langsam mit der Handkante die Kuchenkrümel von der Tischdecke in ihre aufgehaltene Linke und streute sie dann geistesabwesend auf den Teppich.

»So ein junges Mädchen will doch selbst Freunde haben und nicht immer nur mit den alten Leuten in diesem großen Haus zusammen sein. Wir waren ja auch erst um die vierzig, aber ihr müssen wir uralt vorgekommen sein, und Rose, die ständig mit ihrem guten Benimm hinter ihr her war.«

Tante Tilly, so hörte Karl, kleidete sich gern flott und Marion lieh sich manchmal ein Kleid von ihr, vielleicht weil sie ein bisschen älter aussehen wollte, so wie Tilly sich Sachen von Marion ausborgte, die sie sich niemals gekauft hätte, weil sie vielleicht ein wenig zu kess für eine Witwe um die vierzig waren. Auch für das Fest hatte Tilly Marion ein Kleid gegeben; Crêpe de Chine mit roten Blumen. Sie waren beide klein und zierlich und hatten dieselbe Größe. Einmal, erinnerte sich die Tante, unternahmen sie zusammen einen Ausflug in die Stadt. Marion hatte sie so lieb darum gebeten. »Konditorei Wahl; berühmt für ihren Bienenstich.« Wie fröhlich sie danach wieder zurückfuhren! Das arme Kind sei ja so selten mal rausgekommen. Niemand im Haus hätte sich um sie gekümmert. »Nur einen Freund hatte sie, das war der Gärtnerbursche. Verstehst du, das war schon fast ein Mann.« Tante Tilly machte eine Pause, damit diese Auskunft mit all ihren möglichen Konsequenzen einsinken konnte. »Das war übrigens derselbe, der sie am Morgen nach dem Fest im Schwimmbassin gefunden hat. Ich weiß noch genau, wie er barfuß und in seinem klatschnassen Kellnerfrack, oder das, was davon übrig war, ins Haus kam, und ich dachte zuerst, du liebe Zeit, der ist hinüber, den braucht man nicht mehr aufzubügeln. Ja, das war mein erster Gedanke, wie dumm von mir! Bis er den Mund aufgemacht und kaum rausgebracht hat, was los war. Wie es ihn geschüttelt hat! Und das arme Mädchen – nein, ich habe sie nicht mehr gesehen. Sie haben sie eingepackt und mitgenommen. Heinrich war der Letzte, der … Er ist mit der Polizei … Ich bin danach nie wieder in Buchfinkenschlag gewesen. Weißt du, ob das Haus noch steht? Und was aus Rose geworden ist?«

Karl wusste es nicht. Behutsam steuerte er Tante Tilly wieder zum Thema zurück. Wie hatte sie das Unglück erlebt?

»Du meinst, warum Marion weggegangen ist? Ganz einfach, sie hat sich gelangweilt. Sie wollte ja nicht mal mit Heinrich tanzen. Das war eben keine Party, wie die jungen Leute sie veranstaltet haben, sondern ein Ball mit allen Schikanen und Musik, auf die man richtig tanzen konnte – Foxtrott und Walzer und Quickstep!« Ihre Stimme brach und sie musste einen Krümel aus der Kehle räuspern.

»Als sie auf einmal verschwunden ist, waren wir alle froh, denn jemand, der nur bockig rumsteht und den anderen den Spaß verdirbt, auf den kann man ja ganz gut verzichten, nicht wahr? Ach, das arme Kind! Als es dann immer später wurde, haben wir uns doch Sorgen gemacht und sie gesucht. Alle Gäste sind im Park ausgeschwärmt und haben nach ihr gerufen. Nur Rose blieb im Haus. Sie war beleidigt, weil sie glaubte, Marion hätte ihr einen Streich gespielt, um das Fest zu ruinieren. Heinrich und ich sind zum Schwimmbecken gegangen, das heißt, zu dem kleinen Badehaus, das darüber auf der Terrasse steht. Wir hatten eine Taschenlampe dabei und haben ins Wasser geleuchtet, doch da war keine Marion. Heinrich ist noch weiter gegangen, aber mir war kalt und ich wollte zurück. Der Mond hat geschienen und ich bin noch eine Weile stehen geblieben, damit ich mich besser zurechtfinde, und da habe ich sie im Badehäuschen gehört.

»Wen? Was?«

»Na, du weißt doch wohl, wie sich ein Liebespaar anhört«, krächzte Tante Tilly. »Ich habe natürlich nicht nachgesehen, aber ich bin mir sicher, es war Marion mit ihrem Schatz. Ich dachte damals noch, Recht hat sie, was soll sie mit uns Tattergreisen rumhopsen, und bin ganze leise weggegangen.«

»Ha – und am nächsten Morgen lag sie tot im Pool!«, rief Karl elektrisiert. »Also war der Gärtner der Mörder!«

»Aber nein, warum hätte er das tun sollen?«, protestierte Tante Tilly schwach. Das viele Reden hatte ihre Kraft aufgezehrt. »Wenn du den jungen Mann erlebt hättest – er sah selbst aus wie der leibhaftige Tod. Die Polizei hat ja nichts gefunden. Und er musste auch nicht ins Gefängnis. Ich meine, die hätten ihn doch eingesperrt, wenn er der Mörder gewesen wäre.«

Karl verwarf die Unschuldsvermutung. An dem Burschen war etwas faul. Das spürte er genau. Kam es denn niemandem verdächtig vor, dass er am Morgen nach dem Fest immer noch seine Kellnerklamotten trug? Wo war er die ganze Nacht gewesen? Was konnte er der Polizei dazu sagen? Tante Tilly, die sich auf der Seite des Burschen hielt, war ein wenig verstimmt.

»Als die Polizei kam, hatte er doch längst trockene Sachen an. Rose hat ihn gleich auf sein Zimmer geschickt. In dieser furchtbaren Hose konnte er doch nicht herumlaufen.«

Karl wechselte die Strategie.

»Hat Horst dir erzählt, dass Onkel Heinrich ihn und Lina und mich praktisch beauftragt hat, die Sache aufzuklären?«

»Horst erzählt mir gar nichts«, erwiderte die Tante. »Der kommt nur, wenn er was von mir braucht. Und wie wollt ihr nach so langer Zeit noch etwas Neues herausfinden?«

»Indem wir mit den Zeugen von damals sprechen«, sagte Karl nonchalant. »Zeugen wie du, Tante Tilly.« Sie lachte.

»Und, wie weit seid ihr gediehen?«

»Wir gehen getrennt vor. Eigentlich wollte ich Lina bitten, heute mitzukommen, aber weißt du, sie ist so unpraktisch und mit den Gedanken immer in den Wolken; ein Wuschelhirn. Wie mein Plüschko.«

Der Hund erwachte, als er seinen Namen hörte. Es klang, als würde man gleich aufbrechen.

»Und Horst geht sowieso seine eigenen Wege.«

»Das ist nicht sehr gescheit«, erwiderte Tante Tilly. »Man braucht immer Verbündete. Und ich hätte Lina auch gerne einmal wieder gesehen. Hast du noch andere Zeugen auf deiner Liste?«

»Kennst du einen Ernest Calvat? Seine Frau hat einen Rechtsanwalt zur Testamentseröffnung geschickt.«

»Calvat«, sagte Tante Tilly nachdenklich, »das könnte er sein.«

»Du meinst, der Ehemann von Rose?«

»Ja, aber sie nannte ihn nicht Ernest. Ich glaube, er hieß Anton oder Adolphe, oder? – Adolphe Calvat. Mmh, klingt irgendwie französisch. Rose stammte ja aus dem Elsass.«

»Das war der Mann im weißen Smoking?«

»Ja, ja, das muss er gewesen sein. Und der soll von Heinrich was geerbt haben?«

Karl konnte sich plötzlich nicht mehr erinnern, ob dieser Calvat von Onkel Heinrich ebenfalls ins Rennen um die Aufklärung von Marions Tod geschickt worden war. Dann wären sie ja zu viert! Mit Lina und Eilemann würde er fertig werden, aber hier baute sich eine unbekannte Größe auf, ein Ex-Ehemann.

»Den werde ich mir vorknöpfen«, sagte Karl zuversichtlich.

»Weißt du denn, wo du ihn findest?«

»Im Moment nicht. Man müsste Tante Rose fragen, aber wo ist Tante Rose und überhaupt, lebt sie noch?«

»Vielleicht weiß es deine Mutter. Die hat es doch mit den Rosen.« Karl lächelte matt.

»Ausgeschlossen. Meine Mutter hat Onkel Heinrichs Frau immer geschnitten. Aber Rose muss doch auch Familie gehabt haben. Weißt du was von denen? Oder erinnerst du dich an einen ihrer Freunde, die vielleicht auf dem Fest waren?«

»Ich denke die ganze Zeit darüber nach«, versicherte ihm Tante Tilly. »Und, ja, warte mal, da gab es doch diesen Bruder mit dem komischen Vornamen. Irgendetwas Griechischrömisches. Ein Arzt. Die beiden waren nicht sehr eng, obwohl er in der Nähe wohnte. Ich meine, der wäre später irgendwo im Elsass, in Lembach, wieder aufgetaucht. Der war auch auf dem Fest, und er hatte nur ein Bein. Deshalb ist er mir auch hier oben durchgewitscht«, – sie kreiselte mit dem Zeigefinger an der Schläfe. »Weißt du, ich habe früher doch so gern getanzt, mit diesem Herrn Stutz, und dieser Bruder eben nicht; ich meine, er hat überhaupt nicht getanzt.«

»Ein Bruder von Rose, ein Arzt in Lembach«, sagte Karl begeistert, »mit nur einem Bein. Weißt du auch noch, wie Rose mit Mädchennamen hieß?«

»Oh, das ist einfach. Sie war eine geborene de Poussé, wie Pussel aber nur mit e.«

»Also, auf nach Lembach zu Monsieur de Poussé!«, rief Karl, »ich hoffe nur, er war bisher standorttreu.« Tante Tilly lächelte erleichtert.

»Nun, lieber Karl, ich habe mich gefreut, dass du nach so langer Zeit einmal da warst, aber jetzt muss ich mich ein bisschen ausruhen. Ich bin ganz heiser und durcheinander vom vielen Reden. Stellst du bitte noch die Tassen in die Spüle. Ich werde später abwaschen.«

Er sprang auf und stapelte das Geschirr ineinander. Der Hund war schon voraus gegangen und hielt die Schnauze an die Tür, wo sie sich öffnen würde. Wenn

Karl an diesem Nachmittag Marion einmal mit vollem Namen erwähnt hätte, wären er und Tante Tilly etwas klüger voneinander geschieden, aber der Neffe war zum Kriminalen so geeignet wie Plüschko zum Buchhändler. Er betrieb die Fahndung nach Marions Mörder in der Art eines Gewinnspiels, bei dem es mehr auf Eingebung als auf Methode ankam. An diesem Nachmittag war jedoch nicht nur der Tante oben etwas durchgewitscht; Karl hatte den Namen Bruant, der seine Augenzeugin auf die richtige Spur gesetzt hätte, ganz vergessen und Tante Tilly, deren Wunsch, ihm einen Gefallen zu tun, stärker war als ihr Gedächtnis, freute sich, dass ihr gerade noch rechtzeitig etwas Wichtiges eingefallen und der Neffe mit seinem Kuchenpaket nicht umsonst gekommen war.

»Der gedeckte Apfel war gut«, sagte sie. »Wenn auch nicht ganz so fein, wie meiner früher. Weißt du, der Boden muss ganz dünn sei und auf die Äpfel gehört ein Spritzer Essig.« Er beugte sich zu ihr hinunter, legte seine Wange an ihre und fragte:

»Kann ich dir mit irgendeiner Lektüre eine Freude machen?«

»Reisebücher«, sagte Tante Tilly.

»Ich glaube, da habe ich was für dich. Ich schicke dir ein Päckchen.«

Am Montagmorgen stieg er, gefolgt von Plüschko, die drei Stufen zum Antiquariat Weil & Co. hinauf. Sein Vormieter war ein Verlag, der Globen und wandflächendeckende Landkarten für Schulen hergestellt hatte, entsprechend großrahmig war das Ambiente mit hohen Fenstern und gusseisernen Säulen, die eine Stuckdecke trugen. Nach der Pleite des Verlags hatte der Hausbesitzer keinen passenden Nachmieter gefunden und die Räume geteilt. Neben dem Antiquariat Weil & Co. war eine Eisdiele eingezogen, deren Besitzer einen erstklassigen Espresso braute. Karl war dort Stammgast.

Er hatte die Bücher aus Onkel Heinrichs Buffet noch nicht sortiert und ging als Erstes die Stapel durch. Der größte Teil würde ins moderne Antiquariat und in die Kisten vor dem Schaufenster wandern. Für Tante Tilly suchte er Bände über Venedig, die Alpen, Paris und ein paar Anthologien aus, legte aus eigenen Beständen Darwins Fahrt mit der Beagle, Flemings *Tataren-Nachrichten* und eine schön illustrierte Dünndruckausgabe von *Gullivers Reisen* obendrauf und packte sie in einen Karton.

Dann zog er seine weißen Baumwollhandschuhe an, um die Kupferstiche, Lonicerus' *Kreuter-Buch* und Chaumetons *Flore médicale* zu begutachten. Die wertvollen Originalkupfer aus dem *Hortus Eystettensis* wollte er rahmen lassen. Entgegen seiner ersten Regung musste er sich nicht lange dazu überreden, seiner Mutter keinen davon zu schenken. War sie mit ihrem Schwager Heinrich hinreichend vertraut gewesen, um ein Erinnerungsstück zu verdienen? Wüsste sie die Rarität zu schätzen? Hatte sie überhaupt Platz an ihren Wänden, die voll mit den eigenen Werken hingen? Dreimal nein. Obwohl auch Karl mit seinem Onkel nicht hinreichend vertraut gewesen war, fühlte er, dass er die Blumen des *Hortus Eystettensis* vollkommen verdient hatte.

Aus den Botanikbüchern entfernte er die vergilbten Blätter eines alten Abrisskalenders, deren Ränder mit unleserlicher Krakelschrift bedeckt waren und offenbar als Lesezeichen gedient hatten, und wendete vorsichtig die Seiten auf der Suche nach einer besonders schönen Illustration um. Er fand den kolorierten Holzschnitt eines gefleckten Aronstabs und den Kupferstich einer Engelstrompete. Doppelseitig aufgeschlagen bettet er die Bände auf Präsentierstützen, befestigte sie mit Messingriegeln in Form winziger Hände und rückte sie in die erste Reihe der Vitrine. Dann schrieb er mit dem Füllfederhalter die Preisschildchen – für das Kreuter-Buch 2.500,– Euro, für den Chaumeton 980,– Euro – und stellte sie gefaltet daneben.

Dies getan, schaltete Karl seinen Computer ein und gab in der Suchmaschine die Namen Poussé und Lembach ein. Obwohl er das Internet für seine Geschwätzigkeit verachtete und schnell herausgefunden hatte, dass er, wenn er beim Zocken schon Geld verlor, dies lieber im Angesicht eines Rests von Menschlichkeit tat als nachts allein vor seinem Bildschirm in einem virtuellen Casino, überraschten ihn die Fähigkeiten des Mediums, die gerade jenem peinlichen Mitteilungsbedürfnis geschuldet waren, immer wieder aufs Neue. So war er bald auf die Website einer Sekte namens Freunde Jesu vorgedrungen, denen eine Sophie de Poussé Ende der neunziger Jahre in Lembach ein Anwesen vererbt hatte. Die Kontaktseite verzeichnete neben dem Büro der Sekte auch die Telefonnummer eines Catulle de Poussé. Das musste Sophies Ehemann sein, der Bruder von Rose mit dem Vornamen eines römischen Dichters. Hatte der Witwer diese Leute bei sich aufgenommen? Im Haus seiner Frau?

Karl wählte die Nummer und bekam einen Freund Jesu an den Apparat, der in gebrochenem Deutsch aber sehr genau nach seinem Begehr fragte. Karl stellte sich als Neffe vor, der sich in der Familienforschung betätigte, und erfuhr, dass sich Catulle de Poussé auf seinem täglichen Spaziergang befinde, genauer, dass ihn eine Freundin Jesu in seinem Rollstuhl durch Lembach schiebe.

Ob Monsieur sonst wohlauf sei und in der Lage, seinen Neffen zu empfangen? Karl hörte gedämpfte Stimmen, vermutlich eine kleine Konferenz, dann übernahm ein energisch Deutsch sprechender Mann den Hörer, der sich nicht vorstellte und Karl musste dasselbe noch einmal erzählen, ehe ihm eine Besuchserlaubnis erteilt wurde.

»Du kannst morgen kommen«, sagte der Mann. Wir sehen dich danach auch gerne bei der Abendandacht.«

»Sehr freundlich von Ihnen«, erwiderte Karl. »Ich bin dabei.«

Der Bauernhof, den Sophie de Poussé den Freunden Jesu vermacht hatte, lag in der Ortsmitte von Lembach, ein Fachwerkhaus und eine Reihe Wirtschaftsgebäude, die im Karree einen gepflasterten Hof umgaben. Nichts wies auf eine gesteigerte Spiritualität hin. Auf den Fensterbänken standen Kästen mit roten Geranien und über den steinernen Torbogen zur Straße rankte sich ein Weinstock wie bei jedem anständigen Haus in dieser Gegend. Karl wies seinen Gesellschafter an, im Wagen zu bleiben. Plüschko zeichnete sich nicht durch Tapferkeit vor anderen Tieren aus und Karl war nach dem Telefongespräch vom Vortag auf einen bissigen Köter gefasst.

»Ich besuche einen Catull«, erklärte er dem Hund. »Mal sehen, ob er auch ein Epikureer und ein Mann von Geist ist. Nur keine Bange, ich bin zurück, ehe sie anfangen zu beten.« Doch alles blieb ruhig, als er über den Hof ging, der hell in der Sonne lag. Es gab keinen Köter und überhaupt keine fremden Tiere. Die Ställe schienen leer, das Scheunentor stand offen. Neben der Eingangstür hing ein Klingelzug, der, als er ihn betätigte, tief im Haus ein Glockenspiel bimmeln ließ: Herbei, o ihr Gläubigen. An den ungläubigen Karl war die Einladung verschwendet. Er kannte das Lied nicht.

Dass die Sekte die alte Tür mit ihren Schnitzereien und Beschlägen an ihrem Platz gelassen hatte, überraschte ihn angenehm. Auch die Freundin Jesu, die sie öffnete, war schön und gediegen anzusehen, eine kräftige Frau in Bluse und Latzhose und mit einem bunten Kopftuch, das sie wie ein Pirat und nicht wie eine Büßerin gebunden hatte. Er stellte sich vor; sie hatte ihn erwartet.

»Ich bin Magdalen«, sagte sie. Natürlich, dachte Karl, wer denn sonst? Ob die Freundschaft mit Jesus wohl noch andere Männer neben ihm zuließ? Er folgte ihr durch das Haus, das seinen alten Bauernhofgeruch nach Stroh, saurer Milch und kalten Steinfliesen ausatmete, und schaute ihr dabei auf den Hintern. Karl glaubte, dass sich die Persönlichkeit eines Menschen nicht nur im Gesicht abbildete, sondern erst nach einem zweiten Blick auf seine Kehrseite vollständig offenbarte, und er hatte sich selten in einem verzagten oder verkniffenen, einem feigen, stolzen oder prahlerischen Hintern getäuscht. Magdalens Paar Backen nannte er im Stillen wohlgemut. Er nahm ihr Rollen und Hüpfen als ein gutes Omen für seinen Besuch.

»Catulle kann sich nicht an dich erinnern«, sagte sie über die Schulter. »In welchem Verhältnis stehst du zu ihm?« Ihr Deutsch hatte einen alemannischen Zungenschlag.

»Seine Schwester ist eine Tante von mir, eine angeheiratete.«

»Ah, Catulle hat eine Schwester? Davon hat er nie gesprochen.« Sie wandte sich brüsk zu ihm um. »Du bist doch nicht etwa ein Zeitungsreporter?!«

»Ich? Gott bewahre! Ich bin Buchhändler.«

»Führe den Namen Gottes nicht leichtfertig im Mund«, ermahnte sie ihn freundlich. »Ich bin noch ein Weilchen im Zimmer, wenn du mit ihm sprichst. Wir wollen doch beide keine Missverständnisse. Bleib nicht zu lange. Du musst laut sprechen und darfst ihn nicht aufregen. Unser Freund Catulle ist manchmal arg zornmütig.«

»Verstehe. Ist er euer Hausherr oder euer Untermieter oder euer Gast?«

»Er ist ein Mitglied unserer Gemeinschaft.« Damit öffnete sie die Tür zu einem Zimmer, aus dem ihm ein Geruch wie aus stockfleckigen Büchern entgegenwehte. Die Wände waren bis zur halben Höhe getäfelt, die Decke hing tief. Eine viel zu große, dunkle Anrichte, ein Tisch und sechs Stühle mit gerader

Lehne standen im Zimmer. Die Tischdecke sah aus, als hätte sie jemand vor zehn Jahren gerade gezupft und sei dann gestorben. Trotz der Sonne, die durch die Scheiben fiel, war es kalt. Nach der Erscheinung Magdalens hatte sich Karl die gute Stube der Freunde Jesu etwas einladender vorgestellt.

Am Fenster saß ein alter Mann im Rollstuhl und blickte ihm misstrauisch entgegen. Er musste früher sehr groß gewesen sein, inzwischen war alles an ihm nur noch lang; das Kinn, die Nase, die Ohren und der linke Fuß, der in einem schwarz und braun karierten Hausschuh steckte, der mit einer Schnalle geschlossen war. So was gibt's noch, dachte Karl.

»Hier kommt dein Besuch, Freund Catulle«, sagte Magdalen laut, »dein Neffe Karl.«

»Ich kenne keinen Neffen Karl«, sagte der alte Mann, »verschwinden Sie!«

»Darf ich mich setzen?«, fragte Karl, »dann kann ich das besser erklären.« Magdalen zog einen Stuhl heran und blieb hinter ihm stehen, als er Platz genommen hatte.

»Sprechen Sie kein Französisch?«

»Je suis désolé«, lächelte Karl. Es zog nicht. Der andere schwieg und starrte ihn feindselig an. So viel zum Epikureer, dachte Karl. »Ich bin ein Neffe von Heinrich Weil, Herr de Poussé, dem Mann Ihrer Schwester Rose. Die beiden haben zusammen in der Villa Buchfinkenschlag gelebt.«

»Scheiß auf Buchfinkenschlag«, sagte de Poussé.

»Freund Catulle!«, kam die mahnende Stimme aus dem Hintergrund.

»Was ist damit?«

Karl setzte zu seiner langatmigen Erzählung an, von der er nicht wusste, ob sie verstanden würde. Onkel Heinrichs Testament, das Sonnenwendfest, Marions Tod im Schwimmbecken, der Gärtnerbursche, der ihre Leiche gefunden hatte.

»Sie waren doch auch auf dem Fest. Können Sie sich daran erinnern?«

»Geh raus, Magdalen«, sagte de Poussé. Karl hörte, wie sich die Tür hinter ihm öffnete und schloss. Der alte Mann sah ihm scharf ins Gesicht. Dann sprach er so laut, dass Karl nicht bezweifelte, dass auch Magdalen etwas davon haben sollte.

»Nach dreißig Jahren kommen Sie hierher und belämmern mich mit diesem Fest. Ob ich mich erinnere? An wen oder was? An die Musik oder an die Lampions oder an die kleine Nutte, hinter der Henri Weil her war?«

»Ich hatte gehofft, dass Sie vielleicht etwas beobachtet hätten, das helfen könnte, die Schuldfrage zu klären.«

»Das hat mich die Polente damals auch gefragt, und jetzt soll ich es ausgerechnet Ihnen erzählen?«

»Warum nicht?«

Der alte Mann sperrte den Mund auf, und aus seiner Brust kam ein bellendes Geräusch, das sein Gegenüber richtig als ein Lachen deutete.

»Du machst mir Spaß, Neffe Karl! Nein, ich kann dir nichts zu deiner Schuldfrage erklären, weil ich nichts beobachtet habe. Ich bin nämlich nicht mit den andern im Park herumgerannt.« Er schlug sich auf seinen Beinstumpf. »Kleines Andenken an die Ostfront«, sagte er. »War mir eine Ehre, dein Volksgenosse zu sein. Aber die arme Sophie hatte danach nur noch einen halben Kerl im Bett.« Karl blieb beim Sie.

»Aber als Arzt können Sie mir vielleicht etwas über die Todesursache sagen. Sie haben die Leiche doch sicher am nächsten Morgen gesehen. War Marion eines gewaltsamen Todes gestorben?«

»Solche Leute sterben immer eines gewaltsamen Todes«, erwiderte de Poussé.

»Welche Leute?«

»Leute wie diese kleine Nutte. Ich wusste Bescheid, was mit der los ist, als ich sie das erste Mal gesehen habe.«

»Was meinen Sie?«, rief Karl aufgeregt. »Wissen Sie, ob – war es der Gärtnerbursche? War es ein – ein Sexualverbrechen?«

De Poussé brach wieder in sein unfrohes Gelächter aus.

»Schon möglich, aber ich tippe da eher auf unseren alten Freund Henri. Jedenfalls wurde sie vorher noch mal ordentlich durchgefickt.«

Karl hörte, wie die Tür hinter ihm aufgeklinkt wurde.

»Ich glaube, du musst jetzt gehen«, sagte Magdalen.

»Nein, warten Sie! Herr de Poussé, was haben Sie gesehen? Was war mit Marion los?«

»Mit der war am Ende gar nichts mehr los. Zieh Leine, Mensch, lass mich in Ruhe.« Er drehte den Rollstuhl mit einem Reißen am Rad herum, wandte ihm den Rücken zu und starrte stumm in die Ecke. Karl zog Leine.

»Schwein«, murmelte er.

»Versteh das bitte«, sagte Magdalen im Flur. »Catulle ist ein ganz arger Sünder, aber er ist auch depressiv. Diese schwere Verwundung hat er aus dem Krieg mitgebracht. Die jungen Männer im Elsass wurden damals von den Nazis zwangsrekrutiert und nach Russland an die Front geschickt. Da haben sie ihm noch in den letzten Kriegstagen das halbe Bein weggeschossen. Im Lazarett hat er Morphium gekriegt, und als Arzt kam er auch danach ganz leicht an das Zeug. Er hängt immer noch dran, aber wir geben es ihm nur in kleinen Dosen und wenn es ihm ganz arg schlecht geht. Irgendwann haben sie ihm die Approbation entzogen, weil er das Rauschgift auch weitergegeben hat, ich glaube sogar an Jugendliche. Aber das war lange bevor Catulle ins Elsass zurückkam. Damals praktizierte er irgendwo drüben in Deutschland. Unsere

Freundin Sophie hatte Krebs und wusste ziemlich früh, wie es um sie stand. Sie hat uns diesen Hof vermacht, unter der Bedingung, dass wir uns um ihn kümmern.« Sie seufzte. »Wir sind Freunde Jesu, aber Catulle ist unser aller Prüfung.«

In der offenen Haustür gaben sie sich die Hand und schauten sich lächelnd in die Augen. Neben ihrem Ohr kringelte sich eine blonde Strähne unter dem Kopftuch hervor.

»Die anderen würden dich auch gern kennenlernen. Du bist herzlich zur Andacht eingeladen.« Karl hätte gern einen weiteren Blick auf Magdalens Hintern geworfen, fürchtete aber, anschließend zu einer Spende herangezogen zu werden.

»Das ist ein arg verlockendes Angebot«, hörte er sich sagen, »aber ich glaube, ich gehe jetzt besser.«

Nach drei Tagen hatte Johann Gerswiller noch immer nicht zurückgerufen. Lina versuchte es bei der Auskunft, aber dort kannte man ihn nicht. Offenbar hatte er nur ein Mobiltelefon. Sie instruierte Alex über wichtige und weniger wichtige Anrufe und fuhr noch einmal in Onkel Heinrichs Wohnung. Ihr waren die Kartons voll alter Zeitungen eingefallen. Wer solchen Kram hortete, musste doch auch Briefe oder Photos oder Taschenkalender aufgehoben haben. Sie würde alles umschichten und durchblättern, bevor in der nächsten Woche die Entrümpler kamen.

Sie ging leise die Treppe zur Mansarde hoch, aber als sie den Schlüssel ins Schloss steckte, wurde die Tür im Stockwerk unter ihr aufgerissen.

»Ich komme!«, rief die Hausbesitzerin und kurz darauf erschien zuerst der Kopf und dann stufenweise der Rest von Frau Kerz auf der Stiege.

Wenn ich mal alt bin, dachte Lina, lass ich mir die Haare wachsen. Und ich werde keine ärmellosen Blusen tragen. Und keine Leggins. Und auf keinen Fall Fußbettsandalen. Und zur Pediküre müsste ich eigentlich auch mal wieder. Dann hatte sich Frau Kerz vollständig vor ihr aufgebaut. Lina stellte sich in die Tür wie Onkel Heinrich, bereit, das Revier gegen sie zu verteidigen.

»Ich habe Sie erwartet«, sagte Frau Kerz. Ihr Ton verriet, dass sie keine Einwände gelten lassen würde. »Wir müssen noch über die Renovierungskosten sprechen.« Sie faltete eine handgeschriebene Liste auf. »Die Wohnung ist ja ein wahrer Saustall.«

»Da gebe ich Ihnen Recht, Frau Kerz«, erwiderte Lina. »Die Wohnung ist menschenunwürdig, das sollten Sie als Hausbesitzerin wirklich am besten wissen. Es zieht überall rein. Die Fenster sind eine Katastrophe, es gibt kein Bad, keine Heizung und nur kaltes Wasser. Wollen Sie mir weismachen, dass Sie dieses Loch noch einmal vermieten? Sie können hier oben

Gerümpel abstellen. Dafür muss man nicht extra renovieren.«

»Das ist ja allerhand«, schnaubte die andere, »das hat man also davon, wenn man so gutmütig ist wie ich. Der Herr Weil war nämlich ein ganz lauer Mieter, der hat hier praktisch für umsonst gewohnt, das nur zur Kenntnis, Fräulein Schlaumeier!«

»Umsonst? Ich finde dreihundert Euro nicht umsonst.«

»Und das war noch ein Sonderpreis, ein Entgegenkommen von mir«, sagte Frau Kerz hitzig und fuchtelte mit ihrer Liste. »Wer würde denn sonst an einen wie den vermieten?«

»Wer ist hier einer wie der?«

»An so einen Spanner wie den. So ein Ferkel! Ja, da gucken Sie ganz schön blöd, was?! Aber ich hab's von unten gesehen, ich weiß Bescheid. Der saubere Herr Weil, immer mit dem Fernglas am Fenster und immer auf die Mädchenschule an der Nussallee. Aber hallo! Man liest ja so einiges in der Zeitung. Da wär ich mal besser gleich zur Polizei gegangen.«

»Das sollten Sie unbedingt tun, Frau Kerz. Und zeigen Sie sich gleich selbst an wegen übler Nachrede. Sonst erledige ich das gern für Sie.«

»Unverschämtheit!« Aber Lina hatte ihr die Tür schon vor der Nase zugemacht. Und so will ich auch nicht werden, dachte sie, so ein alter Besen. Sie sah sich um und stellte fest, dass die Hausbesitzerin vor ihr da gewesen war und sich bedient hatte. Der Spiegel über dem Waschbecken fehlte, ebenso das Mahagonibett und der Schrank. In der Küche stand kein Stück Geschirr mehr. Saubere Arbeit, dachte Lina. Und alles in alte Zeitungen gewickelt und in bereit stehenden Kartons abtransportiert. Wenn es irgendwo noch ein Zeichen von ihm, einen Brief oder ein Kalenderblatt gegeben haben sollte, so war es jetzt im Kerz'schen Besitz oder im Müll gelandet.

Dagegen musste sie gleich etwas unternehmen, aber sie stand weiter in der Zimmertür, ohne sich zu rühren, und starrte auf das Stragula. Rostrot, Perser-muster, darunter die Kanten der Dielen. Ein saurer Geruch hatte sich in der ungelüfteten Wärme verdichtet. Sie setzte sich in den Sessel am Fenster. Ihr Schneid war aufgebraucht und sie zitterte. Sie würde es nicht fertig bringen, die Kerz zur Rede zu stellen. Von ihrem Platz aus sah Lina die Dächer der Nachbarhäuser und die Wipfel der Nussbaumallee. Die Schule sah sie nicht.

Es ist nichts geschehen, sagte sie sich, es gibt keinen Grund, sich aufzuregen. Nicht über diese Frau, dieses widerliche Schandmaul, aber die Tränen waren nicht mehr aufzuhalten. Ihr ganzer Kopf war voll davon und sie konnte auch nicht still vor sich hinweinen, sondern schluchzte laut in die Hände und wiegte sich wie ein Klageweib vor Wut und Enttäuschung und dem unerträglichen Gedanken, dass ihr Onkel Heinrich hier gesessen und durchs Fernglas Schulmädchen ausgespäht haben könnte.

Schließlich stand sie auf, hielt den Zipfel eines fadenscheinigen Küchenhandtuchs, das Frau Kerz des Mitnehmens nicht für wert befunden hatte, unter das kalte Wasser und wischte sich das Gesicht ab. Was von uns übrig bleibt, sind die Dinge, dachte sie. Das Silber und die Servietten würden Onkel Heinrich eine Weile überleben, nicht aber das Handtuch, mit dem er sein Geschirr abgetrocknet, und die Chaiselongue, auf der er dreißig Jahre lang geschlafen hatte.

Ihr Handy klingelte. Es war Alex. Er hatte einen wichtigen Anruf von Herrn Gerswiller entgegengenommen. Der Herr bat um Rückmeldung. Sie tippte seine Nummer in ihren Speicher und drückte die Ruftaste. Er meldete sich sofort.

»Ah, Sie sind es. Gut. Ich habe Madame Bruant in Straßburg erreicht. Ist schon komisch, ich dachte, sie habe Buchfinkenschlag völlig abgeschrieben, aber nun will sie unbedingt, dass Sie nach Straßburg kommen und mit ihr reden.«

»Das freut mich. Danke, dass Sie sich gekümmert haben. Aber ich finde Madame Bruants Wunsch gar nicht so merkwürdig. Sie hat natürlich durch ihren Rechtsanwalt erfahren, dass mein Onkel gestorben ist, und vielleicht will sie nun auch ihren Nachlass regeln.«

»So ist es«, sagte Gerswiller düster. »Ich fürchte, sie will die Hütte nun doch verkaufen.«

»Ihre Hütte?«

»Nein, Buchfinkenschlag. Sie will mich nämlich auch sehen.«

»Aha.«

»Ich dachte, wir könnten nächste Woche zusammen hinfahren. Das heißt, Sie könnten mich eigentlich abholen. Mit meiner Karre darf ich nämlich gar nicht auf die Straße. Und Buchfinkenschlag liegt ja praktisch auf Ihrem Weg nach Straßburg.«

So leicht wollte Lina nicht über sich verfügen lassen. Sie wählte den zu ihrem aufgestellten Blusenkragen passenden Ton und ließ Gerswiller wissen, dass sie einer geregelten Tätigkeit nachgehe und nicht einfach ins Auto springen und losfahren könne, wann es ihm beliebe. Sie müsse erst eine Vertretung finden. Er war nicht beeindruckt.

»Fragen Sie doch Ihre Mutter«, schlug er vor und Lina verstand, dass er Berta Weil für den Ausflug nach Straßburg nicht mit eingeplant hatte.

»Ich will es versuchen, aber ich muss abends wieder zurück sein.« Wie kam sie darauf? Wollte sie einer möglichen Einladung zum Übernachten in Buchfinkenschlag vorbeugen?

»Okay, lassen Sie von sich hören«, sagte er. »Ich freu' mich, wenn Sie kommen. Auf bald. Adieu.«

Im zweiten Zimmer stand noch immer die runde

Platte auf dem Tisch, das Frühstückskarussell aus Buchfinkenschlag. Mit dem Zeigefinger gab Lina ihm einen Stups, und während es sich leise wetzend drehte, ging sie, treppab, vorbei an der Tür der Hausbesitzerin und warf den Wohnungsschlüssel in den Briefkasten von Cosima Kerz.

»Nein, nein, nein«, rief ihre Mutter ins Telefon, als Lina ihr Ansinnen stellte. »Nicht jetzt. Mein blauer Agapanthus hat drei Knospen. Die ersten drei Knospen nach drei Jahren. Nachwuchs, verstehst du? Ich kann jetzt nicht weg. Wenn *du* deine Gäste im Stich lassen kannst, *ich* kann meinen Agapanthus nicht verlassen!« Aber Lina wusste, dass es ein Scheingefecht war.

»Mama, es ist nur für einen Tag. Und wenn ich zurück bin, gehen wir zusammen in die Oper. Sir Terence hat mir zwei Karten für Così fan tutte da gelassen.«

»Aber wirklich nur diesen einen Tag!«

»Nur diesen einen Tag. Du kannst den schwangeren Agapanthus ja auch mitbringen.«

»Der Kübel wiegt eine Tonne. Und hör mal, Lina, du wirst keinen Tee bei ihm trinken. Versprich mir das!«

Lina versprach es. Dann rief sie Johann Gerswiller an und sie verabredeten, wann sie ihn abholen werde.

Unter einem Antiquar hatte sich Fräulein Marie aus dem Dorf Buchfinkenschlag einen älteren Herrn mit Hut in einem nach Mottenkugeln riechenden schwarzen Anzug vorgestellt. Stattdessen stieg ein junger Mann in einem primelgelben Jackett und einem eigenartig gemusterten Oberhemd aus dem Auto, das er auf dem Platz vor der Kirche geparkt hatte, und nur der Hund, der hinter ihm hertrollte, war schwarz.

Weil sie jeden Morgen gründlich den *Öffentlichen Anzeiger* las, war Fräulein Marie in der Woche zuvor auf die Annonce gestoßen, in der Zeitzeugen gesucht wurden, die über die Geschichte der historischen Villa Buchfinkenschlag Auskunft geben konnten. Ein Antiquariat Weil & Co. war damit befasst, eine Dokumentation zu erstellen. Fräulein Marie war neugierig, der Name sagte ihr etwas. Sie konnte Auskunft geben. Also schrieb sie eine Postkarte, und nun stand dieser junge Mann in seinem roten mit blauen Palmen gemusterten Hemd vor ihrem Buffet.

Marie war stolz, ein Fräulein zu sein, und jeder im Dorf nannte sie auch so. Den Titel einer verheirateten Frau wollte sie gar nicht haben. Über zehn Jahre lang war sie in Buchfinkenschlag in Stellung gewesen und die letzten dreißig hatte sie den Haushalt von Herrn Bruant geführt, bis der das Anwesen neben der Kirche verkauft hatte und Marie mit ihrer Schwester Erna ins Nachbarhaus über den alten Laden gezogen war. Als die beiden sich dort niederließen, war es die Bäckerei Ruppel, inzwischen war es die Diskothek Malibu.

Fräulein Marie fühlte sich ein ganz klein wenig enttäuscht. Ein älterer Herr hätte sie als blitzsaubere Person mit eindrucksvollem Busen und ohne ein einziges graues Haar wahrgenommen. Du hast festen Speck, pflegte Erna zu sagen. Auch darauf war Marie stolz und kleidete ihre Formen in vorteilhafte Hemdblusenkleider. Dieser junge Mann hingegen würde höchstens ihren selbstgebackenen Mürbeteigkeksen und der Holunderblütenlimonade Aufmerksamkeit schenken.

Aber sie war angenehm überrascht, dass der Antiquar Weil tatsächlich zu dem Heinrich Weil gehörte, den sie gekannt hatte, sogar ein Neffe, wer hätte das gedacht. Sie erinnerte sich sehr gut an das kleine Fräulein Lina, so ein goldiges Mädelchen mit blonden Zottelhaaren, die sie jeden Morgen unbedingt offen tragen wollte und die Marie ihr jeden Morgen zu Zöpfen flocht. Er sei wohl nie im großen Haus gewesen, sie würde sich sonst bestimmt an ihn erinnern, aber eine Familienähnlichkeit, ja, die sei ganz unverkennbar. Der Herr Onkel sei verstorben? Dafür sprach sie dem Neffen ihr aufrichtiges Beileid aus.

Sie hatte alles vorbereitet. Ihre Photoalben, braune Kunstlederbände, die von Kordeln mit seidigen Quasten zusammengehalten wurden, lagen auf dem Couchtisch. Antiquar Weil nahm auf der Sofakante Platz, packte ein kleines schwarzsilbernes Gerät und ein Notizbuch aus, von dem er tatkräftig das Gummiband herunterschnalzte, während sich der Hund ergeben unter den Tisch fallen ließ. Sie schenkte Limonade ein, die der Besucher als sehr erfrischend lobte. Dann drückte er an dem Gerät herum, bis ein rotes Lämpchen aufleuchtete, schob es ihr über den Couchtisch entgegen und lud sie mit einer Handbewegung ein zu beginnen.

Fräulein Marie hatte nichts vergessen. Sie erinnerte sich an jedes Zimmer, an die Stuckverzierungen, die Vertäfelung, die Türknäufe aus Messing. Sie erinnerte sich an die Möbel, die abgestaubt, das Parkett, das gebohnert, das Silberbesteck und die vielen bunten Fensterscheiben, die geputzt werden mussten, an das feine Bone China mit den Rosen, in dem sie nachmittags den Tee servierte, an die große Küche mit der Marmoranrichte im Souterrain, den Speisenaufzug und die erste Tiefkühltruhe. Sie erinnerte sich an die Köchin Waltraud und an den Gärtnerburschen Johann, der jeden zweiten Tag frische Blumen ins

Haus brachte. Der Dokumentar schrieb ihre Vor- und Nachnamen in sein Buch.

Dann zeigte Fräulein Marie ihm die Photos von Heinrich Weil und Madame, von ihrem Opel Kapitän, der in der Auffahrt parkte, von der Sonnenuhr im Garten, auch ein Bild von sich und Waltraud in weißen Schürzen auf der Treppe und eins, das ein junges Mädchen auf einer Schaukel zeigte. Die Schaukel hing in einem Baum, die Sonne schien durch das Laub und wegen der scharfen Kontraste sah man nicht sehr viel von ihr, nur, dass sie ein rotes Kleid trug, ihre Haare zum Pferdeschwanz gebunden hatte und kokett in die Kamera schmollte. Ob dies Marion sei, fragte er. Fräulein Marie wunderte sich, dass er von ihr gehört hatte. Das Mädchen auf der Schaukel weilte nur kurze Zeit in Buchfinkenschlag. Kaum ein viertel Jahr. Hatte der Herr Onkel sie erwähnt?

Was für eine Art Person sie war? Sie sei sehr hübsch gewesen, aber viel zu dünn. Nichts von dem, was Waltraud auf den Tisch brachte, habe ihr geschmeckt. Und Waltraud sei eine sehr gute Köchin gewesen. Sie habe nämlich in der Schweiz gelernt. Ihr Zürcher Geschnetzeltes wurde immer wieder von Herrn Weil verlangt. Aber Marion ... Er kenne doch sicher die Geschichte vom Suppenkasper. So wurde auch dieses Mädchen, immer magerer.

Und sonst? Etwas Auffälliges, vielleicht etwas – eh, Provozierendes in ihrem Verhalten Herrn Weil gegenüber? Sie schien ihn nicht zu verstehen. Aufsässig? Eher launisch; ganz fröhlich und im nächsten Augenblick außer sich vor Zorn. Mehr wie eine Fünfjährige, sagte sie zögerlich. Dass Marion in ihrem, Fräulein Maries Zimmer, heimlich geraucht hatte und dass danach zwei Zehn-Mark-Scheine in ihrem Portemonnaie fehlten, erzählte sie ihm nicht; jedoch dass es oft lauten Streit zwischen ihr und Madame Weil gegeben habe, das heißt, Marion war laut, Madame eher leise.

»Manchmal hat sie das ganze Haus zusammengekrischen«, sagte Fräulein Marie noch immer bekümmert. Erinnerte sie sich auch an den Bruder von Madame, einen Herrn – der junge Mann blätterte in seinem Buch – Poussé? Allerdings, Herrn Doktor de Poussé, eine stattliche Erscheinung, groß und blond mit einem roten Bart, leider kriegsversehrt. Aber trotzdem hatte er ein Sportwagencoupé, ein spezielles Auto, in dem er alles mit der Hand bediente. Einmal kam er zu Besuch vorgefahren, dass der Kies nur so spritzte, und während er auf der Terrasse Kaffee trank, durfte Marion sich ans Steuer des Autos setzen und so tun, als würde sie davonrasen. Manchmal sei sie eben närrisch wie ein kleines Kind gewesen und Herr Doktor de Poussé habe seinen Spaß gehabt. Obwohl er ja sonst nicht so viel zu lachen hatte mit dem einen Bein.

Ob der Doktor oft zu Besuch gekommen sei?

Nicht sehr oft, räumte Fräulein Marie ein. Er und Herr Weil seien keine Freunde gewesen. Doktor de Poussé habe dem Herrn Onkel übel genommen, dass der den Krieg in einer Schreibstube abgesessen habe, während er in Russland seine Knochen für die Nazis hinhalten musste. Da seien harte Worte gefallen, die Fräulein Marie hier lieber nicht wiederholen mochte. Sie blickte bedeutungsvoll auf das Gerät mit dem roten Lämpchen.

In der Dokumentation sollte natürlich auch das Ende der Villa Buchfinkenschlag vorkommen. Das wollte Weil junior ganz genau hören. Fräulein Marie versicherte sich durch Fragen, deren letzte Worte unausgesprochen über dem Couchtisch hängen blieben, dass er von den Umständen und Marions Tod gehört hatte. Selbstverständlich erinnerte sie sich auch an das Fest zur Sonnenwende. Sie und Johann hatten ja selbst die Terrasse geschmückt und abends Getränke serviert. Der arme Johann, er sei so verschossen gewesen in dieses Mädchen.

Immerhin, wandte der junge Herr Weil ein, sei Marion das Opfer gewesen und nicht der arme Johann.

»Das Opfer«, schnaubte Fräulein Marie, »ja, das ist sie gern gewesen. Es waren immer die anderen, die ihr Unrecht taten. Sie selbst konnte kein Wässerlein trüben.« Fräulein Marie verschränkte die Arme vor dem großen Busen und klappte den Mund zu, aber dann musste es doch heraus. »Wenn ich mal eine spitze Bemerkung über Waltraud gemacht habe, hat sie die prompt weiter getragen und Waltraud war tagelang böse mit mir.«

Und da er nun schon einmal gefragt hatte und sie es damals nicht übers Herz bringen konnte, vor Madame zu sprechen, musste sie dem Neffen von Heinrich Weil, diesem netten, anständigen Herrn, der immer so gütig zu Marion war und dem diese junge Person so übel mitgespielt hatte, nun doch die Sache mit dem Turm erzählen. Während des Festes waren er und Marion nämlich dort hinaufgestiegen. Es war eine klare Nacht, der Mond war noch nicht aufgegangen und Herr Weil hatte aus der Vorhalle das Fernglas mitgenommen, um die Sterne zu beobachten.

»Ich konnte ja nicht ahnen, was auf dem Turm los war«, sagte Fräulein Marie, »es gab Gerumpel, wie wenn ein Stuhl umfällt, und Geschrei.« Sie war auf dem Weg nach oben, um Fleckensalz zu holen, denn eine der Damen hatte sich Rotwein übers Kleid geschüttet, als Marion treppab an ihr vorbeigeschossen kam, »und sie lachte, Herr Weil, ich bin ganz sicher, dass sie lachte! Oh, sie war ein solcher Satansbraten! Madame kam hinzu und ich hörte, wie Marion Ihren Herrn Onkel vor Madame beschuldigte, sie unsittlich angegriffen zu haben, Sie verstehen?«

Der Neffe nickte, schrieb ein Wort in sein Buch und setzte ein Ausrufezeichen dahinter.

»Madame war außer sich; die drei sind im Salon verschwunden, und es hat eine Weile gedauert, bis sie wieder herausgekommen sind. Ihr Herr Onkel war äußerlich sehr gefasst, aber ich habe ihm natürlich angemerkt, dass er sich entsetzlich aufgeregt hatte. Marion wusste nicht so recht, was sie machen sollte. Sie konnte ja schlecht vor den anderen Gästen mit ihrem Abenteuer angeben, aber sie musste es einfach loswerden. Also kam sie zu mir. Und wissen Sie, wissen Sie, was sie gesagt hat, Herr Weil? Sie hat gesagt, dem hab ich's gezeigt. Und dass sie sich das alles ausgedacht hatte, und selbst da oben die Stühle umgeworfen und sich die Knöpfe aufgerissen und geschrieen und ihn gekratzt hatte, nur um Ihren Herrn Onkel bei Madame in Misskredit zu bringen, denn sie konnte ihn partout nicht leiden und wollte, dass Madame ihn vor die Tür setzte. Und genau das ist geschehen, auch wenn Marion sich nicht vorgestellt hätte, dass sie dazu erst sterben musste.«

Der junge Herr Weil richtete sich von der Sofakante auf, klappte sein Notizbuch zu, zog den kleinen Apparat zurück und hantierte damit, bis das rote Licht erlosch. Er schien sehr bewegt. Dann erzählte er Fräulein Marie von dem Testament seines Onkels und warum er wirklich gekommen war. Lediglich die dreißigtausend Euro ließ er unerwähnt. Sie hob ihr Glas und versicherte ihm, sie werde ihre Geschichte gern an geeigneter Stelle wiederholen, wann und so oft er wolle. Der Neffe Karl erhob das seine. Die Holunderblütenlimonade war wirklich sehr erfrischend.

Am Morgen des Tages, als Lina ihre Tante Rose in Straßburg besuchen wollte, stand sie vor dem Kleiderschrank und wusste nicht, was sie anziehen sollte. Der Tag war warm und sonnig, aber zur Auswahl standen nur ihre weißen Blusen, die sie dreimal am Tag wechselte wie ein englischer Dandy des 18. Jahrhunderts sein Hemd, und eine Reihe gut geschnittener Kostüme. Angesichts von grauem Flanell, Pfeffer-und-Salz-Tweed, schwarzem Kaschmir und ein paar völlig undiskutablen Stücken, die sie nachts auf dem Sofa trug, wenn sie den Spätfilm ansah, sank ihr der Mut. Sie nahm das Seidenkleid mit den Klatschmohnblüten aus Onkel Heinrichs Nachlass heraus und hielt es auf Schulterhöhe. Dann zog sie es vom Bügel und schlüpfte hinein. Es floss an ihr herab, über ihre kleinen Brüste, die schmale Taille, die runden Hüften. Sie drehte sich vor dem Spiegel, der Rock flog und glitt dann wieder in weichen Falten um ihre Knie, als sei er lebendig und bereit, all ihren Bewegungen zu folgen. Sie knöpfte den Seitenschlitz zu, richtete sich auf, hob das Kinn und lächelte ihr Spiegelbild an. Das Lächeln ließ ihr

Gesicht weniger spitz und die Augen schmaler erscheinen. Sie gefiel sich.

Damit war die Frage erledigt, ob es klug oder angebracht sei, Tante Rose in einem ihrer eigenen Kleider zu überraschen. Sie sprühte sich Parfum hinter die Ohren, zog Espadrilles an und knotete die roten Bänder um ihre Knöchel, steckte ihr Mobiltelefon, Lippenstift, Kamm, Puderdose, einen Apfel, ein weißes Taschentuch und einen frischen Slip in die sackartige Tasche, warf sich den Staubmantel über die Schulter und ging, um sich von ihrer Mutter zu verabschieden, die sich bereits hinter der Rezeption eingerichtet hatte.

Berta Weil sah ihrer Tochter mit einem halben Lächeln entgegen. Es schien, als wolle sie etwas Wichtiges sagen, das ihr aber nicht einfiel. Also sprach sie über Linas neues Kleid, gab die passenden beifälligen Laute von sich und erging sich in Spekulationen darüber, warum Heinrichs Frau sie nach Straßburg bestellt und was sie mit ihr zu besprechen habe. Ob sie ihr vielleicht die Ruine Buchfinkenschlag vererben wolle. Jedenfalls hoffe sie, dass die Dame etwas Klarheit in die Sache mit dem Testament bringen werde. Sie raffte sich sogar zu Grüßen an die Entfernte auf. Erst als Lina sich abwenden und gehen wollte, nahm Berta sie schnell in den Arm und Lina verstand, dass ihre Mutter sie durchschaut hatte und ihrer vierzigjährigen Tochter noch einen guten Rat geben wollte, ehe die sich einem völlig unpassenden Mann an den Hals warf.

»Fahr vorsichtig, mein Linchen.«

»Natürlich Mama, mach dir keine Sorgen. Bis heute Abend.«

Sie fuhr aus der Stadt in Richtung der französischen Grenze, hielt unterwegs nur zum Tanken, und um ungeduldig einen Kaffee zu trinken, der ihr nicht schmeckte; fuhr weiter durch das weite, gewellte Land, das schon sommerlich fahl wurde, die Dörfer mit dem Buckelpflaster und den Gärten am Ortsrand, aus denen die grünen Tipis der Stangenbohnen ragten und Hortensien, Stockrosen und Sonnenblumen über die Zäune quollen.

Am frühen Vormittag erreichte sie Buchfinkenschlag, bog in den Schotterweg ein, der zur Rückseite von Gerswillers Haus führte und stellte den Wagen neben dem alten Landrover ab. Er hatte den Motor gehört und öffnete die Tür, ehe sie anklopfen konnte. Sein Blick fiel von ihrem Gesicht auf ihr Kleid. Das Lächeln erstarb, er wich zurück, als habe sie ihn vor den Kopf geschlagen.

»Was hast du da an? Bist du verrückt geworden?«

Sie sah an sich herunter, sie verstand und begann vor Bestürzung zu zittern. Das Kleid mit den Klatschmohnblüten gehörte nicht Tante Rose, es gehörte Marion. Es war das Kleid, das sie zum Fest getragen, das sie ausgezogen und an den Beckenrand geworfen hatte, ehe sie im Wasser gestorben war.

»Lina«, sagte er, »Lina, Lina, was hast du dir denn

dabei gedacht?« Sie fühlte die Tränen aufsteigen und schlug die Hände vors Gesicht.

»Das habe ich nicht gewusst. Wirklich, ich habe es nicht gewusst. Ich hab es einfach aus seinem Schrank genommen. Oh Gott, es tut mir so leid, ich bin … verzeih mir.«

Er trat auf sie zu und nahm sie in die Arme, sein Mund an ihrem Ohr, und alles, was sie sich gewünscht und vorgestellt hatte, nahm seinen Lauf, nur, dass sie, schon bevor er sie zu küssen begann, völlig aufgeweicht und fassungslos war, so dass er sie halb hinein und zum Bett tragen musste, wo er sie ablegte, ihr mit seinen großen Händen umstandslos unter das Kleid fuhr und es ihr über den Kopf zog. Seine Handballen waren rau und als er ihr damit über die Schenkel und den Rücken schabte, meinte sie zu vergehen. Noch nie hatte sie sich so weich gefühlt. Er befreite sie mit geübten Griffen von ihrer Unterwäsche und hatte schon die Hand zwischen ihren Beinen, als sie seinen Knöchel festhielt.

»Warte doch, warte, lass mich dich anschauen.« Sie knöpfte ihm das Hemd auf, öffnete seinen Gürtel und den Reißverschluss seiner Jeans; er streifte alles auf einmal ab, schmal und sehnig, hart und zart, alles, was an ihm war überließ sich ihren neugierigen Händen. Sie lächelten sich an.

»Du hast es gewollt«, sagte er.

»Ja, ich hab es gewollt, ich habe dich gewollt.«

Sie öffnete sich seiner Zunge, die schnell und sacht zu Werke ging, hinauf, hinauf, bis sie bebend wieder abwärts zu gleiten begann, ihn über und in sich spürte und ihm die Beine über den Rücken legte. An den Füßen trug sie noch immer ihre roten Espadrilles.

Danach kochte er für sie; schlug Eier auf, mischte Öl und Essig, roch an den Tomaten, zog das Messer hindurch, streute Salz, wiegte Kräuter im lockeren Stakkato eines Kochs, streifte sie mit dem Finger von der Klinge in die Salatschüssel und warf ein großes Stück Butter in die Pfanne. Um die Hüften hatte er ein Küchenhandtuch gewickelt, mit dem er auch den Pfannenstiel packte und an dem er sich die Hände abwischte.

Lina trug einen rosa Bademantel, der ihr zwei Nummern zu groß war. Ein Cremetiegel auf der Glasplatte über dem Waschbecken hatte sie darüber belehrt, dass sie nicht die Einzige in Johann Gerswillers Bett war. Die Entdeckung hatte sie nicht überrascht, aber ein wenig einsilbig gemacht. Sie sah ihm bei seinen schwungvollen Verrichtungen zu und merkte sich alles, fragte nach den Kräutern, erfuhr, dass es sich um Borretsch, Kapuzinerkresse und Kerbel handelte, was man eben so vor der Tür stehen hatte, und erzählte ihm, dass ihre Mutter seinen Garten eine einzige Apotheke genannt hatte. Das überraschte ihn wiederum nicht; von einer Gärtnerin habe er nichts anderes erwartet.

Während er die Eier in die Pfanne kippte und Lina Brot von einem alten Kanten säbelte, dozierte er über Heil- und Giftpflanzen, die Paracelsus zum Beispiel nicht streng unterschieden habe; schließlich mache nur die Dosis das Gift, und er fragte, ob sie wisse, dass aus der Osterluzei früher ein Tonikum hergestellt worden sei, das Frauengold hieß, ein Mittelchen zur Aufhellung des weiblichen Gemüts, völlig legal und in jeder Drogerie erhältlich, in Wirklichkeit aber richtiges Dope auf der Basis von Aristolochiasäure, dazu fünfzehn Prozent Alkohol. Ein Schlückchen am Vormittag und die genervte Sekretärin hob als Rauschgoldengel ab. Ob sie sich ebenfalls mit Pflanzen auskenne, fragte er, und Lina sagte, sie könne notfalls einen Kaktus von einer Kastanie unterscheiden; nein, eigentlich wisse sie mit Bäumen gut Bescheid, aber in den kleineren und schneller vergänglichen Formaten kenne sie sich nicht aus. Doch musste sie ihn nun ihrerseits fragen, warum er so viele von diesen Heil- oder Giftpflanzen kultiviere; es gäbe doch sicher auch hübsche und harmlose Blumen, die das Auge und die Sinne erfreuten.

»Hübsch und harmlos!«, schnaubte er und mit dem verzeihenden Lächeln über so viel Einfalt erschien das Grübchen in seiner linken Wange. »Aber die Schönen sind nun einmal die Gefährlichen und die Gefährlichen die Schönen.« Er fühle sich in ihrer Gesellschaft am wohlsten, denn ohne ein kleines Risiko, fehle es dem Leben entschieden an Würze. Krachend drehte er die Pfeffermühle über der Pfanne und deutete dann mit ihr aus dem Fenster.

»Siehst du diese abgefahrene Pflanze da rechts vor der Hecke, die mit den dunklen Blättern und roten Pomponblüten? Schön, nicht wahr? Eine Königin der Nacht. Ricinus communis; der Wunderbaum; damit kannst du eine Kleinstadt ausrotten. In London wurde einmal ein bulgarischer Diplomat, vermutlich ein Spion, auf offener Straße mit ihrem Gift ermordet; an der Bushaltestelle mit einem Regenschirm in die Wade gestochen, dessen Spitze mit dem Saft von Rizinussamen präpariert war. Eine minimale Dosis reicht. Nach drei Tagen war er tot.«

Er faltete die gestockten Eier zusammen, warf sie geschickt in der Pfanne herum und verteilte sie auf zwei Tellern. Dann holte er eine Flasche Buttermilch aus dem Kühlschrank. Als sie am Tisch saßen, konnte sie ihre Hand nicht von dem langen Bein lassen, das aus dem Küchentuch-Lendenschurz ragte. Er war sofort einverstanden, nahm sich nur die Zeit, sein Brot hinunterzuschlucken und mit dem rechten Handrücken Salatsoße aus den Mundwinkeln zu wischen, während die Linke schon den Gürtel ihres Bademantels aufnestelte und ihre Brüste zu streicheln begann.

Sie liebten sich noch einmal und es war so einfach und befriedigend wie Omelette und Tomaten und kalte Buttermilch an einem warmen Sommervormittag.

In seinem winzigen Badezimmer hängte Lina das Kleid mit den Klatschmohnblüten an den Haken hinter der Tür. Würde er es behalten? Wegwerfen? Der Rosa-Bademantel-Cremetopf-Frau schenken? Der es sowieso zu klein war. Sie nahm es wieder herunter, faltete es zusammen und packte es in ihre Tasche. Auf etwas weniger rabiate Weise war Lina ebenso bedenkenlos wie ihre Mutter. Ihr schwante, dass sie an dem Kleid länger Freude haben würde als an Johann Gerswiller. Es wäre pathetisch und unter ihrer Würde, ein Pfand bei ihm zu hinterlassen.

Er gab ihr ein blaues Hemd von sich und eine Khakihose, deren Aufschläge sie zweimal umkrempelte. In diesem Aufzug konnte sie unmöglich bei Tante Rose erscheinen, aber es mochte angehen, bis sie in Straßburg ein Geschäft fanden, wo Lina etwas Passendes kaufen konnte.

Er ging im Zimmer herum, suchte nach Tabak und Schlüsseln, als sie den Wagen hinter dem Haus vorfahren hörten; es war das Kollern eines schweren Geländewagens. Keiner von ihnen kannte einen Menschen, dessen Wagen solche unleidlichen Geräusche von sich gab. Deshalb bekam Lina auf ihre Frage, wer das wohl sein könne, keine Antwort und nur einen Blick, den sie nicht zu deuten wusste. Türen schlugen; sie hörten Schritte auf dem Kies, aber keine Stimmen, und der Mann, der eintrat, hatte sich nicht die Mühe gemacht anzuklopfen.

Er stellte Johann Gerswillers zweite schmerzliche Überraschung an diesem Tag dar, und auch Lina staunte, denn hinter dem Mann trat ihr Vetter Eilemann ins Haus, gefolgt von zwei weiteren Herren, die sich betont muskulös und breitbeinig gaben. Der eine war kahl, trug ein großes Pflaster auf der Glatze, eine Reihe kleiner silberner Ringe in den Ohrrändern und eine Kette aus größeren Gliedern, die ihm in einer Schlaufe vom Gürtel bis zum Knie hing. Dem anderen wuchs die Tätowierung einer Krake aus dem Ausschnitt des blauen T-Shirts, auf dessen Vorderfront brustfüllend die Worte Otzenhausen Breakdown Blues standen.

Der Mann, der als Erster eingetreten war, sah ganz anders aus, ziviler, wenn auch nicht unbedingt seriöser. Er war klein und alt, bestand jedoch auf dem Anschein von Jugendlichkeit. Sein viel zu schwarzes Haar trug er seitengescheitelt und mit breitem Schwung über der Stirn wie ein kleiner Junge. Auch seine Augenbrauen sahen gefärbt aus. Seine Haut war weiß, fast faltenlos und glasig, und als er den Mund zu einem breiten Lächeln verzog, wurden seine schlechten Zähne sichtbar. Er bat darum, Lina vorgestellt zu werden.

»Alphonse Bruant«, sagte Johann Gerswiller, »Lina Weil.« Der Herr verbeugte sich vor Lina – »eine Verwandte unseres lieben Henri?« – und blickte dann noch immer lächelnd auf Gerswiller.

»Wir sind noch nicht quitt, alter Freund«, sagte er. »Und weil du das letzte Mal so bockbeinig warst, habe ich mir erlaubt, Unterstützung mitzubringen. Du wirst dich vielleicht an die Herren erinnern?«

»Ich kenne deine Herren, Alphonse, aber was macht dieses Würstchen da in deiner Truppe?« Bruant drehte sich zu Eilemann um, der, die Daumen in die Schlaufen seines Hosenbunds gesteckt daneben stand. Seine Mundwinkel zuckten in Vorbereitung eines Lächelns.

»Das ist Herr Eilemann. Wir kennen uns erst seit kurzem, aber wir verstehen uns bereits ausgezeichnet.«

»Drecksack!«, sagte Lina zu ihrem Vetter. Sie wusste nicht, welche Rolle er hier spielte, aber es schien keine rühmliche zu sein.

»Angenehm«, erwiderte er, »Horst Eilemann«, und lachte über seine schneidige Replik. Dieses Lachen war alles, was Eilemann den Zumutungen der Welt entgegenzusetzen hatte, und da er das meiste, das ihm geschah, als Zumutung deutete, lachte er oft und viel.

Nach der Testamentseröffnung hatte er den Namen Ernest Calvat in die Suchmaschine seines Computers eingegeben, war aber nur auf die gleichnamige Rose gestoßen und hatte es mit Bruant versucht. Neben einigen unbrauchbaren Treffern – der Kabarettkünstler Aristide, den Toulouse-Lautrec als den Mann mit dem roten Schal gemalt hatte, und die französische Bezeichnung für Zaunammer waren unter anderem aufgeführt – fand er einen Alphonse Bruant, der den ehrenwerten Beruf des Immobilienmaklers ausübte. Ein paar Mausklicks weiter stellte sich heraus, dass zu seinen Objekten ein »exklusives schlossartiges Anwesen mit hinreißendem Charme und in absoluter Top-Traumlage an der Grenze zum Elsass« gehörte, »mit sieben Hektar Park und altem Baumbestand, geeignet als First-Class-Hotel, Golfclub, Seniorenresidenz oder Kongresszentrum«. Da sich die architektonische Perle in »renovierungsbedürftigem Zustand« befand, erschien der Kaufpreis von zweieinhalb Millionen Euro auf ein Schnäppchen hinzudeuten. Ein daumennagelgroßes Photo zeigte Buchfinkenschlag so, wie sich Horst Eilemann von seinem einzigen Besuch daran erinnerte.

Er war hingefahren, hatte eine Ruine und einen langen schlaksigen Kerl mit dreckigen Fingernägeln und einer Rohrzange vorgefunden, der sich wenig auskunftsfreudig zeigte. Deshalb hatte er im Maklerbüro angerufen und sich als Interessent an dem beschriebenen Objekt ausgegeben. Man hatte ihn zu einem Besichtigungstermin und einer Besprechung in Herrn Bruants Büro eingeladen.

Horst K. Eilemanns großspurige Visitenkarte und linkische Erscheinung konnten den alten Leguan keine zwei Minuten über dessen wahre finanziellen Möglichkeiten hinwegtäuschen. Bruant kannte sich aus in Schuhen und Windjacken. Aber anstatt ihn hinauszukomplimentieren, ließ er sich in einer heiteren Regung auf ein Gespräch ein, in dessen Verlauf Eilemanns mangelnde Raffinesse und Bruants zweitbester Cognac den Inhalt von Heinrich Weils erstaunlichem Testament zum Vorschein brachten. Eilemann erfuhr seinerseits, dass Marion die Tochter von Herrn Bruant war, die er auf so tragische Weise verloren hatte, und zu seiner Überraschung, auch der geschiedene Ehemann von Madame Rose, die sich vorübergehend Weil genannt hatte. Diese Auskünfte gab es gratis.

Dazu machte sich der Geschäftsmann Bruant erbötig, seinem Besucher im Erfolgsfall gegen eine kleine Provision von elf Prozent der gesamten Erbmasse den Mann vorzustellen, den er den niemals überführten Mörder seiner Tochter und diesen »dreckigen Poussierstengel« nannte, »der es mit sämtlichen Weibern im Haus getrieben hat und seinen Schwanz in alles reinsteckt, was Beine hat«. Er habe Marion geschändet, seine kleine Marion, sein fröhliches, schönes, aufgewecktes Kind, sein Täubchen und sein Augapfel. Sie habe kein liebevolles Zuhause gekannt, und deshalb sei es für Gerswiller ein Leichtes gewesen, sich in ihr Vertrauen einzuschleichen, sie zu verführen und ihr die Unschuld zu rauben. Marion habe seinen Schwüren geglaubt, diesem Schwein, das nur mit ihr gespielt und sie dann weggeworfen habe. Aus Verzweiflung über seine Untreue sei sie ins Wasser gegangen. Er, Bruant, überlasse es Herrn Eilemanns Spürsinn, die Schuld des Mörders aufzudecken und ihn der verdienten Strafe zuzuführen. Dass dies eine gesetzliche sein müsse, erwähnte er nicht ausdrücklich.

Eilemann war nicht leicht durch obszöne Reden zu schockieren; er fragte auch nicht, welche Vaterrolle Bruant in diesem Zuhause gespielt hatte, sondern lachte zustimmend. Er fühlte sich bereits als Verbündeter.

Dass der Mörder nun ausgerechnet der Typ mit der Rohrzange sein sollte, der ihn eine Woche zuvor auf der Terrasse von Buchfinkenschlag kurz abgefertigt hatte, und dass Lina in Klamotten steckte, die ganz offensichtlich nicht ihr, sondern dem dreckigen Poussierstengel gehörten, berührte Eilemann hingegen peinlich. Wenn er schon vorher nicht gewusst hatte, wie er den Kerl zu packen bekommen sollte, so blieb ihm jetzt nur noch seine Bereitwilligkeit, ein lustiges Gesicht zu machen. Bruant war ihm keine Hilfe.

»Ich schulde dir gar nichts, Alphonse«, sagte Gerswiller. »Wir machen schon lange keine Geschäfte mehr zusammen. Du nicht mit mir und ich nicht mit dir. Deshalb sei so gut und verpiss dich.«

Bruant war aber nicht gekommen, um seinen beiden Unterstützern das Haus des Gärtners zu zeigen und sich wieder zu verpissen. Er antwortete:

»Du täuschst dich, Johann. Wir hatten ein Abkommen, dem du seit einiger Zeit nicht mehr gewillt bist nachzukommen. Mir sind dadurch finanzielle Verluste entstanden. Ich bin hier, um sie zu begleichen.« Er schaute sich sinnend um. »Nett hast du dich eingerichtet. Schöne Stühle – und der Sheraton-Sekretär – aus der Bibliothek, stimmt's? – Ah!« Er grinste so breit und lippenlos, dass er Lina wie eine schwarzweiße Kasperpuppe erschien. »Ich nehme die beiden Ridinger als Anzahlung«, und er zeigte dem kahlen beringten Mann die Bilder mit dem Wild an der Tränke.

»Das wirst du nicht!«, rief Gerswiller und trat vor den Sekretär. »Hau ab, du Arsch!« Der Otzenhausen Breakdown Blues war jedoch schneller. Er versetzte Gerswiller einen Faustschlag vor die Brust, der ihn bis zum Tisch zurücktaumeln ließ, während der zweite bedächtig die beiden Kupferstiche von der Wand nahm.

»Das sind meine!«, schrie Gerswiller, und rempelte zum zweiten Mal mit dem blauen Hemd zusammen. »Das sind Geschenke von Rose.«

»Ich lache bisweilen gern über deine kleinen Scherze«, sagte Bruant, »aber dieser ist mir nicht verständlich. Und übrigens, Johann, da wir gerade von der guten alten Rose sprechen. Ich habe dir noch etwas auszurichten. Du wirst derjenige sein, der sich hier verpisst. Madame verkauft Buchfinkenschlag. Deine Dienste werden künftig nicht mehr benötigt. Ich darf dir verraten, dass ich schon einige solvente Interessenten an der Hand habe.« Er gönnte sich einen scherzhaften Seitenblick auf Eilemann. »Aber bis es so weit ist, werde ich mit allen mir zur Verfügung stehenden Mitteln versuchen, dein Mietverhältnis aus Renditeaspekten positiv zu gestalten. A bientôt, mon vieux«, und er winkte spöttisch, während er sich umwandte und ohne Hast hinausging, gefolgt von dem Glatzkopf mit dem Pflaster auf dem Kopf und den Kupferstichen unter dem Arm. Der Otzenhausen Breakdown Blues stellte sich wortlos in den Rahmen und sicherte den Rückzug. Als Letzter ging Eilemann und machte die Tür zu. Er lachte nicht mehr. Gerswiller war mit zwei Schritten hinter ihm her und riss sie auf. Er sah die Männer einsteigen; der schwarze Geländewagen wendete, aber statt auf den Schotterweg zur Straße einzubiegen, steuerte er auf das Haus zu und verschwand um die Ecke.

Er war einer dieser Panzer, mit denen in der Stadt beschäftigungslose Frauen zum Friseur fuhren, aber hier auf dem Land war er richtig. Über der Stoßstange trug er eine Vorrichtung, mit der man andernorts Kängurus aus dem Weg schaufelte oder Büffel vor sich hertrieb. Damit brach das furchtbare Auto durch die Ligusterhecke und fiel über den Garten her. Es pflügte einmal längs darüber, kam aufheulend im Rückwärtsgang zurückgeschossen, malmte wieder nach vorn, knickte in zwei Anläufen das Goldregenspalier zusammen, krachte der Eibe ins Lebendige und karriolte dann wie ein Jahrmarktscooter kreuz und quer über die Beete. Die Büsche verschwanden rauschend und splitternd unter ihm wie in einem schwarzen Maul, die Blumen starben überrascht und lautlos.

Gerswiller stand in der Haustür. Er presste den Unterarm auf den Mund und schluchzte. Der Wagen raste ein letztes Mal an ihm vorbei, nahm den Kübel mit den Engelstrompeten aufs Korn, schleuderte ihn gegen die Hauswand, setzte zurück und walzte noch einmal darüber. Dann hatte er genug, machte einen Satz nach vorn und preschte um die Ecke davon. Von der Stoßstange flatterte eine Ranke der himmelblauen Trichterwinde. Lina kniete sich neben Gerswiller, der am Türrahmen zusammengesunken war.

»Nicht weinen, Johann, bitte nicht weinen. Ich kann weinende Männer nicht ertragen«, aber er schien sie gar nicht wahrzunehmen. Statt sich umarmen zu lassen, sprang er auf, rannte durch seinen geschändeten Garten, trat nach den Überresten des Gemetzels, warf den Kopf in den Nacken und heulte. Lina wäre vor so viel Wut am liebsten davongelaufen, aber sie wusste nicht, wohin. Deshalb blieb sie sitzen, sah den Tobenden an und ließ sich von seinem Schmerz überwältigen, bis sie selbst in Tränen ausbrach – für Johann, seinen Garten, sein Haus und für Buchfinkenschlag.

Danach hockten sie lange wortlos nebeneinander auf der Schwelle. Er hatte die Arme um die Beine geschlungen und die Stirn auf die Knie sinken lassen. Lina legte ihm die Hand in den Nacken und ließ sie dort ruhen. Sie streichelte ihn nicht, da sie annahm, dass er, genau wie sie solche Gesten nicht ertrug. Bereits der Anblick sich kraulender Paare berührte sie peinlich. Einer hatte immer einen glasigen Blick und dem anderen schien ein Fell zu wachsen.

Plötzlich stand Gerswiller auf, nahm ihre Hand und führte sie weg vom Haus, tiefer in den Park hinein und auf einen Pfad, der sich durch ein Wäldchen zog. Dort, wo es sich lichtete, lagen in einer Senke ein kleines Gewächshaus, hinter dessen blanken Scheiben Lina Tomatenpflanzen an Stöcken festgebunden sah und ein Kiesplatz mit einem Wasserbecken. Zwei graue Gießkannen standen auf dem Rand. Hinter dem Becken stemmte sich eine Mauer gegen den Hang und in ihrem Schutz wuchs der größte Rosenstrauch, den sie je gesehen hatte, ein grünes Dickicht, das mit weit geöffneten goldgelben Blüten besteckt war. Lina trat in seinen Duftkreis wie in eine durchsichtige Wolke, blieb stehen und wandte den Kopf schnuppernd hin und her.

»Oh, Mann riecht das gut«, sagte sie. Aber da sie von ihrer Mutter gelernt hatte, dass es sich nicht gehörte, anderer Leute Blumen anzufassen, so wie man auch anderer Leute Kind nicht einfach die Hand auf den Scheitel legt, wartete sie, bis Johann eine Blüte umfasst und ihr dargeboten hatte, damit sie ihre Nase hineinstecken konnte. Sie hätte ihn schon wieder umarmen können. Stattdessen drückte sie ihren Mund in das zarte Nest aus Blütenblättern.

»Eine Rosenküsserin«, sagte er, »ist mir auch noch nicht untergekommen«, und sein Lächeln zeigte ihr, dass beide an das Gleiche dachten. Aber er strich ihr nur mit dem rauen Daumen über die Wange und sie folgte ihm weiter durch eine verfilzte Wiese, in der Johannisbeerbüsche nach Luft rangen, bis der Pfad an der Terrasse über dem Schwimmbecken endete. Da lagen noch die Schieferplatten, heiß von der Sommersonne, über die sie barfuß wie über glühende Kohlen gehüpft war, treppab und mit dem Hintern voraus ins Wasser. Ein rostiges Geländer, eine schiefe Dusche und ein Pavillon mit Zinkdach hielten die Stellung. Sie blickten hinunter.

»Das Schwimmbecken«, sagte er. »Erinnerst du dich?« Ein betonierter rechteckiger Kasten, überall gleich tief, kleiner als in ihrer Erinnerung. An der schmalen Seite hing eine Leiter ins Leere. Die blaue Farbe schilferte von den Wänden. Aus dem toten Laub am Boden wuchs ein Essigbaum. Ein Tier mit braunem Fell war hineingefallen und weste vor sich hin. Man roch es bis auf die Terrasse.

Sie wandten sich schnell ab und er führte sie weiter, trat Dornen und Nesseln nieder, bis sie um eine Ziegelmauer bogen und vor einem verfallenen Gewächshaus standen, dem eine Woge von Schlingpflanzen übers Dach schlug. Wie der Bug eines untergehenden Schiffs ragte der hölzerne Giebel daraus hervor. Die Tür war in den Angeln eingerostet und ließ sich nicht bewegen, aber das Glas im Rahmen war zersplittert und so krochen sie zwischen den Scherben auf Händen und Knien hinein. Es war wie im Dschungel. Unter den heilen Scheiben des Dachs standen noch die gemauerten Arbeitstische mit den Anzuchttöpfen, aber dort, wo der Regen eingedrungen war, sprossen Schlingpflanzen und eine fette grüne Staude mit violetten Blüten. Ein gewaltiger Feigenbusch hatte sich Platz verschafft und füllte den hinteren Teil des Gewächshauses. In der Wärme rochen seine Blätter nach Katzenpisse.

»Verworfnes Unkraut?«, flüsterte Lina. Er erwiderte ihren Kuss, aber er war nicht bei der Sache.

»Was machen wir hier, Johann?« Er nahm sie um die Taille und setzte sie vor sich auf den Tisch. Nun waren sie auf Augenhöhe.

»Das war das Gewächshaus«, sagte er, weil er ja mit irgendetwas anfangen musste, warum also nicht mit dem Offensichtlichen. »Und dahinter, wo jetzt alles dicht ist, haben wir Cannabis gepflanzt. Pot war das einzige Illegale und irgendwann wurde es deinem Onkel auch zu brenzlig und wir haben es sein gelassen. Was wir hier drin hatten, war okay, Phytopharmaka, also Naturdrogen; Osterluzei und Nachtschattengewächse, Tollkirsche, Bilsenkraut und Stechapfel. Die fallen zwar unter das Medikamentengesetz, aber jeder kann sie haben. Sie enthalten Atropin und Hyoscyamin, das sind Nervengifte. Ein Teil von dem Zeug sediert, anderes turnt gewaltig an, ist aber auch ziemlich gefährlich. Du weißt ja, die Dosis macht das Gift. Dein Onkel besaß einige sehr interessante alte Schwarten zum Thema Naturdrogen. Die Apotheker wussten nämlich schon immer eine Menge über bewusstseinserweiternde Substanzen, und wir haben uns deren Wissen zunutze gemacht; Heinrich Weil, Bruant und ich. Es ist eine absolut sichere Sache, wenn man sich genau an die Rezepte hält, und ein paar Jahre lang lief der Laden wie geschmiert.«

»Was erzählst du mir da?«, flüsterte Lina erschrocken. Sie fühlte, wie ihr in dem warmen Gewächshaus kalt wurde. »Ihr habt Drogengeschäfte gemacht? Mit meinem Onkel? Und wieso Bruant? Du hast mir gesagt, er wäre weggezogen, nach Genf. Du hast mich angelogen, Johann!«

»Ich habe dir eine Geschichte erzählt, die genau so gut war wie die deines Onkels«, sagte er ohne Verlegenheit. »Jetzt hörst du die richtige. Nein, es stimmt nicht, dass Madame Rose ihren Ehemann vor die Tür gesetzt hat. Bruant wohnte zwar im Dorf, aber er ging in Buchfinkenschlag ein und aus. Du hast ihn ja gesehen; der Typ ist mehr Reptil als Mensch, und vermutlich zog er einen speziellen Genuss aus diesem Dreiecksverhältnis. Er hat den Vertrieb organisiert und die Drogen vertickt. Dein Onkel spielte derweil den harmlosen Waidmann und ich habe das Zeug gekocht. Das war unser Abkommen. Wir haben gut verdient.« Er wandte den Blick zur Decke.

»Und dann kam Marion aus dem Pensionat zurück. Sie war ein wildes Ding und ich ein einfältiger Kerl von siebzehn. Sie hat mich verrückt gemacht, und glaub mir, deinen Onkel auch. Dabei konnte sie ihn nicht ausstehen. Natürlich gab es dauernd Zoff mit Madame Rose.«

»Das wundert mich. Madame Rose – meine etepetete Tante Rose hatte zugleich mit Heinrich Weil und diesem Scheusal Bruant ein Verhältnis?«

»Wundere dich«, sagte er über ihren Kopf hinweg, »wundern ist immer ein guter Anfang. Sie war nicht nur etepetete. Sie war – sie ist eine großartige Frau.

Ohne sie wäre ich untergegangen. Die Ehe mit Bruant war vorbei, aber diese Menage zu dritt hat irgendwie funktioniert. Nur Marion wollte sich nicht damit abfinden und hat dauernd gegen Weil gestänkert.«

»Warum? Was wollte sie denn?«

»Was wolltest du mit fünfzehn?«, fragte er zurück. »Weißt du das noch? Du wolltest das Gegenteil von dem, was deine Eltern wollten, und hättest doch gewaltig Schiss gekriegt, wenn sie dich einfach hätten machen lassen. Wie die müden Kinder, die immer weiter im Dunkeln auf der Straße spielen und hoffen, dass sie endlich zum Abendessen gerufen werden. So war das auch bei ihr. Sie wollte, dass Heinrich Weil verschwindet und ihr Vater auf sie aufpasst. Dass er ein Machtwort spricht: Schluss jetzt! Reinkommen! Dafür hat sie alle vor den Kopf gestoßen. Aber Bruant war hier nur der Hausgast und als Vater eine komplette Niete. Zugleich hatte Marion vor nichts Angst, auch nicht vor den harten Sachen, jedenfalls dachte ich das damals. Sie war begeistert, als sie meine Küche hier entdeckte. Wir haben alles Mögliche ausprobiert; einiges von dem Zeug macht nämlich auch rattenscharf.«

»Dich vielleicht, aber doch keine Fünfzehnjährige!«

Das passte ihm nicht. Er ließ sich gegen die gemauerte Tischkante fallen, wippte zurück, vor und zurück.

»Keine Ahnung«, sagte er schließlich, »aber wir waren wie zwei Angeber. Einer wollte es immer noch ein bisschen toller treiben als der andere. Keiner wollte als Feigling da stehen, verstehst du? Ich war siebzehn.«

»Und jetzt?«

»Jetzt bin ich über fünfzig und ein bisschen schlauer. Für mich gibt's nur noch Hausmischung.«

»Was ist das? Eine Art Männergold?«

»Nur eine kleine Gemütsaufhellung. Rein pflanzlich. Im Winter, wenn der Garten schläft, können die Abende recht lang werden.«

»Johann, erzähl mir von dem Fest.« Er wippte weiter.

»An dem Abend wollten wir Engelstrompete probieren. Marion war abgehauen und hatte sich im Badehaus versteckt und auf mich gewartet. Ich war vor allen anderen da. Hier im Garten brauch ich keine Lampe. Wir haben uns eins gelacht, als der ganze Haufen nach ihr gefahndet hat. Dann haben wir von dem Sud getrunken.«

Er stand still. Lina spürte, dass er zitterte.

»Es war grauenvoll. Ich hatte wohl eine schwer toxische Blüte erwischt. Wir haben im Badehaus gevögelt, und dann setzte die Wirkung ein. Ein Horrortrip. Ich bekam Herzrasen, Panik und furchtbare Schmerzen; ich sah, wie sich meine Arme und Beine auf einmal in blutige Stümpfe verwandelten. Es war nicht irgend so ein halluzinogener Hirnschwurbel, es fühlte sich absolut real an. Es sah real aus. Ich wollte aus dem Haus raus, aber es ging nicht, es war, als hätte ich mir selber die Beine abgehackt.

Marion war den anderen Weg gegangen. Sie schrie vor Lachen, sie glühte und sprang und tanzte wie besessen. Sie rannte aus der Tür und ich habe sie lebendig nicht wieder gesehen. Es ging mir furchtbar dreckig; ich lag da und hatte Todesangst. Die ganze Nacht lang. Wie hätte ich ihr helfen können? Ich konnt' es nicht. Am frühen Morgen bin ich zum Schwimmbecken gekrochen und hab mich ins kalte Wasser fallen lassen. Da hatte ich sie plötzlich vor mir. – Lina, manchmal fühlt es sich an, als wäre ich immer noch auf diesem Horrortrip.« Sie hielt seine Hände fest.

»Bei manchen wirkt das Zeug so, dass sie sich selbst furchtbare Verletzungen zufügen, und andere meinen zu verbrennen. Sie hat gebrannt. Ich glaube, sie hat sich das Kleid vom Leib gerissen und ist ins Wasser gesprungen. Sie konnte ja gar nicht schwimmen, aber selbst wenn sie es gekonnt hätte, weiß ich nicht, ob sie es überlebt hätte. Die Polizei hat nichts rausgefunden. Sie haben ihr Blut nur auf Alkohol getestet. Wer denkt denn hier auf dem Land und bei so einem respektablen Haus an Engelstrompetensud.«

Er hatte Schatten um Mund und Schläfen. Sie legte

ihm die Hand auf die Wange. Er hielt sie fest und führte sie über sein Gesicht, als wolle er einen Schlag abwenden und in ein Streicheln verwandeln. Du bist auch so einer, der im Dunkeln immer weiterspielen durfte, dachte Lina, einer, den niemand zum Abendessen reingerufen hat. Schluss jetzt, Johann!

»Ich bin lange nicht mehr hier gewesen«, sagte er schließlich. »Bruant verstand überhaupt nicht, dass für mich auf einmal Sense war und ich das ganze Gerümpel habe verschwinden lassen, ehe die Bullen auf falsche Gedanken kamen. Ich habe ihm natürlich nicht gesagt, dass Marion von dem Zeug nahm, das wir hier fabrizierten, und was wir sonst noch zusammen getrieben haben, aber ich glaube, er ahnt so etwas. Dass er damals das Haus zerstört und was er heute angerichtet hat, das hat mit Geld und Geschäften nichts zu tun, das tut er, weil er glaubt, dass ich Marion auf dem Gewissen habe. – Lina, glaubst du, ich könnte in Buchfinkenschlag leben, wenn ich hier vor dreißig Jahren jemanden umgebracht hätte?«

»Nein, das glaube ich nicht«, sagte sie, »aber du bist ohne Not geblieben und die Wildnis schlägt inzwischen wirklich über dir zusammen. Warum bist du noch hier?«

»Weil ich immer hier war und weil ich finde, ich habe ein Recht dazu. Irgendwie ist es meins. Buchfinkenschlag und ich, wir sind beide ein bisschen verwildert, aber Rose lässt mich hier wohnen und zahlt für das Nötigste. Ich kenne keinen besseren Platz.« Sie legte die Arme um ihn und er zog sie an sich.

»Ich bin kein Unkraut, ich bin ein Baum«, sagte er in ihr Haar.

»Was für eine Sorte Baum bist du denn?«

»Vielleicht eine Eibe.«

»Die Eibe ist ein Pfahlwurzler«, murmelte sie und strich ihm über den Hintern, »und in allen Teilen giftig. Nur die Vögel dürfen von ihren Früchten naschen.«

Er nahm es als Aufforderung, sie auf die Tischkante zu ziehen und ihre Beine zu spreizen.

»Und du«, flüsterte er ihr ins Ohr, »zu welcher Spezies gehörst du, Linaria, mein scharfes Mauerblümchen?« Er hob sie hoch und sie hielten sich in allerlei erheiternden Stellungen umarmt, bis die Sonne ein gutes Stück weiter gewandert war und das grüne Licht im Gewächshaus einen dunklen ozeanischen Schimmer angenommen hatte.

»Oh, Mann, Johann!«, sagte Lina. »Wir haben Tante Rose vergessen. Wir sollten doch heute Mittag in Straßburg sein.«

»Zu spät«, sagte er. »Ich ruf' sie an. Die läuft uns nicht weg. Wir verschieben es auf morgen.«

»Das geht nicht«, protestierte Lina. »Ich muss zurückfahren. Ich hab's meiner Mutter versprochen. Sie schmeißt den Laden ganz allein.«

»Ach, was«, sagte er, »die kommt schon zurecht.

Das ist doch keine große Sache.« Er legte ihr die Hände ums Gesicht. Er sah grau aus.

»Bleib da, Lina Linaria!«

Ihre Mutter war außer sich, aber Lina ließ sie nicht zu Wort kommen und wollte auch nichts über den Agapanthus hören, der seine Babys nun allein und ohne die Gärtnerin bekommen musste.

»Es ist leider furchtbar wichtig, Mama, ich erkläre dir das morgen. Nein, ich hatte keinen Unfall. Nein, ich bin nicht bei Tante Rose. Es geht mir gut, ich bin heil, aber ich kann heute nicht nach Hause kommen. Frag doch Karl, ob er mit dir in Così fan tutte geht. Die Karten liegen hinten im Kalender.«

»Karl ist gar nicht da. Er ist nach Straßburg gefahren. Ich dachte, ihr trefft euch vielleicht bei Heinrichs Frau.«

»Wie bitte?«

»Ja, ich habe ihm erzählt, was uns dein Giftgärtner alles über diese Madame Bruant verraten hat, und dass sie dich sprechen will, und da hat der Schlauberger sie gleich im Telefonbuch ausfindig gemacht und sich angekündigt und ist schwups hingefahren. Ist das nicht köstlich?!«

»Ja, sehr«, erwiderte Lina. »Wir reden morgen darüber. Ach, und Mama, die Dichterin von Nummer 4 hat eine Laktose-Unverträglichkeit. Sojamilch steht im Kühlschrank. Und leg ihr doch bitte ein paar von den schwarzen Schokoladentäfelchen aufs Zimmer. Sie hat heute Abend eine Lesung und braucht vorher immer ein bisschen was für ihre Nerven und danach eine Kleinigkeit zur Aufhellung des Gemüts.«

In der Nacht schlug das Wetter um. Lina hörte den Regen gegen die Scheiben prickeln. Sie öffnete weit die Augen und ließ sie in der Dunkelheit herumwandern, dachte sie sich wie bewegliche Halbkugeln, auf die sich schwarzer Balsam legte, dachte sich durstige, schlürfende Pflanzen, die sich auf- und zufalteten und sie unter schirmartigen Blättern begruben, dachte, dass ihre Espadrilles im Regen verderben würden, dachte, dass sie aus Johann Gerswiller nicht klug wurde. Er hatte ihr seine Wunden gezeigt, er war schamlos und zärtlich, hatte gegeben und genommen, hatte gelogen und geschwiegen und immer war da etwas Unaussprechliches, das sie nicht deuten und nach dem sie nicht fragen konnte. Sie lag in seinem Schoß und unter seinem Arm und fühlte seine Fremdheit.

Als sie am Abend aus dem Gewächshaus zurückgekommen waren, hatte er Rose angerufen, hatte auf Französisch ins Telefon gesprochen, war in Rede und

Gesten, mit Händen, Kopf und Schultern wieder ein anderer geworden. Er hört sich an wie ein Sohn, der seine aufgebrachte Mutter beschwichtigt, dachte Lina. Auch sie musste ihm nun noch eine andere, nämlich die ganze Geschichte erzählen; dass die Aufklärung von Marions Tod nicht nur der letzte Wunsch ihres Onkels war, sondern auch, dass er sein gesamtes Erbe demjenigen versprochen hatte, der herausfand, wer diesen Tod verschuldet hatte.

»Wie viel?«

»Dreißigtausend.«

»Deshalb bist du hier?«

»Ich bin hier, weil ich Tante Rose gesucht habe und weil sie mich nun zu suchen scheint. Ich bin hier, weil ich mit dir schlafen wollte.«

Er lächelte sie schief an.

»Aber es gibt keinen Schuldigen.«

»Nein, aber es gibt außer mir noch zwei, die in der Vergangenheit herumsuchen und gern die dreißigtausend Euro einsacken würden.«

»Dein Vetter ...«

»... und Karl. Mein Bruder ist schon unterwegs zu Rose. Johann, hat sie gewusst, dass du mit Marion zusammen warst?«

»Das haben alle gewusst.«

»Und von den Drogen?«

»Herrgott, nein, natürlich nicht!«

»Und Heinrich, hat er geahnt, was ihr beiden

Rauschgoldengel im Gewächshaus alles eingeworfen habt?«

»Ach was; der hätte ihr ja sogar das Rauchen verboten, wenn er's gewusst hätte.«

»Ist das auch wahr?«

»Es ist so.«

»Was macht Bruant dann hier? Ist Rose wieder mit ihm zusammen? Wie kommt er dazu, ihr Haus zu verkaufen?«

»Lina, Lina, Lina, ich weiß es nicht«, und er fuhr sich mit fünf Fingern durchs Haar. Sie saßen am Tisch und rauchten Gerswillers Selbstgedrehte. Die Nacht war hereingebrochen. Es gab nichts mehr zu trinken. Er stand auf und ging hinaus um im Schuppen den Dieselgenerator auszuschalten. Der Motor vertuckerte, langsam erlosch die Lampe, wie im Kino, dachte sie, und der Vorhang schwang zurück vor Stille und Dunkelheit. Wieder hörte sie seinen Schritt nicht, als er hinter ihren Stuhl trat und sie in den Nacken küsste.

»Johann, ich verstehe eines nicht ...«

»Lina«, sagte er, »Lina, sei still«, und er nahm sie in sein Bett, damit sie aufhörte zu fragen.

Es gab ihr einen Stich. Sie fühlte sich übergangen.

»Was ist los?«, flüsterte er an ihrem Ohr, und sie erwiderte: »Nichts.«

Sie würden zusammen nach Straßburg fahren. Tante Rose hatte ihnen etwas Wichtiges zu sagen.

Und dann? Ein Kuss auf dem Platz hinter dem Haus? Adieu, bis bald? Nie wieder? Es lief nicht gut für Johann Gerswiller. Buchfinkenschlag war ihm nur geliehen. Seine Wurzel sei nicht so leicht auszureißen, hatte er gesagt, aber bestimmt würde er nicht bleiben, auf seinen ausgelöschten Garten blicken und darauf warten, dass man ihn hinauswarf. Ihn und den rosa Bademantel.

Sie kroch tiefer unter die Decke, weil sein Atem ihr kalt über die Schulter strich und er drückte sie im Halbschlaf an sich. Für einen Moment sah sie ihn im Hotel Augusta, seine Gärtnerhände, seinen braunen Nacken und wusste plötzlich, dass sie ihn dort nicht wollte. Sie wollte dort vor ihm sicher sein. Sie wollte wissen, woran sie war. Lina Linaria Feigling. Sie schloss die Augen und wartete auf den Morgen. Als sich das Fenster grieselgrau gegen die Wand abzuzeichnen begann, glaubte sie, draußen auf dem Kies Schritte zu hören, aber dann brauste der Regen wieder gegen die Scheiben und sie vergaß es.

Sie tranken ihren Tee im Stehen neben dem Herd, damit sie nicht am Tisch sitzen und durch das Fenster auf die zerwühlte Erde blicken mussten, in deren Furchen sich der Regen sammelte.

»Ô bruit doux de la pluie«, sagte Johann und spülte seinen Becher aus. Sie sah ihn fragend an.

»Ein Gedicht – über den Regen und einen Kerl, der sich selbst zuwider ist. Verlaine. Komm, Süße, lass uns fahren.« Er stülpte den Becher auf das Abtropfbrett, steckte seinen Tabak ein und war bereit. Lina knotete die Bänder ihrer Strohschuhe zusammen, hängte sie sich um den Hals und lief barfuß, die Hosenbeine raffend aus der Hintertür zu ihrem Wagen. Johann stieg ein, doch bevor sie den Zündschlüssel herumdrehen konnte, hielt er ihre Hand fest.

»Warte mal. Ich schneide nur schnell noch ein paar Rosen für sie ab.«

»Du wirst ganz nass«, rief sie ihm hinterher, als er mit einer Gartenschere in der Schuppentür wieder auftauchte und den Pfad zu seinem Gewächshaus und dem gelben Rosenstrauch einschlug. Er bedeutete ihr mit einer Handbewegung, dass er darauf keine Rücksicht nehmen könne. Kaum war er verschwunden, begann ihr Mobiltelefon zu klingeln.

»Hallo, Cousine«, sagte Eilemann, »hast du einen Moment Zeit? Ich glaube, ich habe da was extrem Interessantes für dich.«

»Wie bitte? ... Horst? Wie kommst denn du ...? Wo steckst du?«

»Ich bin hier«, sagte er und trat um die Hausecke auf den Hof. Mit einer Hand hielt er das Telefon ans Ohr, mit der anderen hob und senkte er grüßend einen schwarzen Regenschirm mit dem Aufdruck »Schietwetter«. Das sieht ihm ähnlich, dachte Lina, Schirm mit Dauerwitz. Er steckte das Telefon ein und trat neben den Schlag. Sie ließ das Fenster herunter.

»Steig aus, Cousine Lina«, sagte er, »ich muss dir was zeigen.«

»Was soll das werden?«, fragte sie. »Was machst du überhaupt hier? Ich dachte, du bist mit diesen ekelhaften Leuten weggefahren.«

»Überraschung«, erwiderte er grinsend. Sie musterte ihn geringschätzig. Lina wusste nicht viel über das Pressewesen, aber als Chefredakteur eines führenden Lifestylemagazins konnte sie sich den Vetter Eilemann kaum vorstellen. Blödmann, dachte sie. Wozu spielt er sich hier so auf? Sie sollte es bald erfahren.

Im Antiquariat Weil & Co. hielt Plüschko die Stellung. Der Eisdielenbesitzer hatte versprochen, ihn abends um die Ecken zu führen und seine Näpfe mit frischem Wasser und Trockenfutter nachzufüllen. Karl wollte bei Tante Rose in tadelloser Verfassung erscheinen. Von seiner Mutter hatte er gehört, dass sie ein wenig furchteinflößend sei, großen Wert auf Formen lege, Tiere und Türkenmohn ablehne. Daher verzichtete er auf einen billigen Blumenstrauß und fuhr glatt rasiert, in einem dezent gestreiften Hemd und ohne seinen Hund nach Straßburg.

Tante Rose wohnte am Quai St. Thomas an der Ill in einem ebenfalls sehr respektgebietenden Haus mit einem barocken Sandsteinportal, aber als Karl sich dort meldete, wurde ihm durch die Gegensprechanlage von einer Frauenstimme beschieden, Madame bedauere, sie sei unpässlich und er möge am nächsten Tag zur Teestunde wieder anklopfen. Teestunde? Halb drei, exakt.

Er war nur im ersten Augenblick verärgert, dann deutete sein beweglicher Geist den gescheiterten Termin in einen Ferientag um. Was er Tante Rose zu sagen hatte, konnte warten. Mit Fräulein Marie hatte er eine Zeugin in petto, die Heinrich Weils Unschuld an Marions Tod beteuern würde. Das musste der alten Dame gefallen. Zwar hatte sie nicht ihn, sondern seine Schwester einbestellt, und er verstand ihre plötzliche Unpässlichkeit richtig als Strafe für seinen Vorwitz, aber er war derjenige, der den Gärtnerburschen Johann Gerswiller als den Schuldigen am Tod ihrer Tochter nennen konnte. Von Tante Tilly wusste er, dass der Bursche der Letzte war, mit dem Marion im Badehäuschen zusammen war und mit dem sie – ein bisschen Spaß hatte. Doch dann musste etwas schrecklich schiefgelaufen sein. Hatte sie ihn wütend gemacht? So wütend und außer sich, dass er sie ins Wasser warf? Und ihr in seinem Kellnerfrack nachsprang, als es zu spät war? Onkel Catulle hatte Marion eine kleine Nutte genannt. Die Tochter einer strengen Mutter musste ein ziemlich aufreizender Feger gewesen sein, aber mit dieser Ansicht würde er Tante Rose lieber nicht behelligen. Er wusste auch so genug, hatte Fräulein Maries Stimme in seinem Recorder dabei. Eine sichere Bank. Weder Lina noch Eilemann konnten seinen Informationsvorsprung einholen. Der Gewinner hieß Karl. Schon fühlte er die dreißigtausend Euro in seiner Tasche knistern.

Er rief seinen Nachbarn in der Eisdiele an und bat, den Gesellschafter Plüschko am nächsten Morgen noch einmal auszuführen, verwies auf die schwarzen Plastiksäckchen rechts hinter dem Schirmständer und bummelte dann in die Stadt. Im Gasthaus zum Geist am Quai St. Thomas hatte der junge Goethe den alten Herder getroffen, aber Karl fand das Haus nicht mehr. So schlenderte er weiter zum Münster, gönnte sich einen langen Rundgang und eine Minute im Stehen, vom bunten Licht der Rosette übergossen. Gebenedeit, dachte er, auserwählt, das Rätsel zu lösen und das Erbe einzustreichen. Er schloss die Augen und ließ sich von Vorfreude durchströmen. Dann stieg er auf den Turm. Doch anders als Goethe, der wohlgefällig auf die *weitumherliegenden, mit herrlichen dichten Bäumen besetzten und durchflochtenen Auen* des Rheins geblickt hatte, sah Karl nichts als Dächer, Steine und Asphalt.

In den Buchhandlungen der Altstadt stöberte er zwei Stunden herum, kaufte in einer Drogerie eine Zahnbürste, besichtigte das Palais Rohan und suchte sich dann ein billiges Hotel. Am Abend aß er Sauerkraut und trank Riesling und nachdem er sich auf dem Zimmer einen Pornofilm angeschaut hatte, ging er hoch zufrieden schlafen.

Nach dreißig Jahren war es Rose Bruant gelungen, sich von ihrem Ehemann zu befreien. Alphonse, der kein Nein für ein Nein nahm, musste schließlich doch vor den gesetzlichen Bestimmungen kapitulieren, und die Scheidung wurde abgewickelt. Gleichwohl war ihre Trennung nicht so eindeutig, dass sie ihm auch die Führung ihrer Geschäfte entzogen hätte, und als sie glaubte, allmählich alt genug zu sein, um über das Schicksal von Buchfinkenschlag zu entscheiden, hatte sie seine Dienste als Immobilienmakler in Anspruch genommen. Sie sollte es schnell bereuen. Alphonse hatte ihr eine Reihe von zutiefst unseriösen und völlig unerwünschten Gestalten zugeführt, denen sie ihr liebes, ramponiertes Buchfinkenschlag auf keinen Fall überlassen würde, und das geschäftliche Verhältnis zwischen ihnen hatte sich ebenfalls getrübt.

Sie wohnte inzwischen mehr in der Vergangenheit als am Quai St. Thomas und nachdem ihr Maître Migeot das Testament vorgelesen hatte, saß sie tagelang am Fenster, schaute auf die Kronen der Bäume entlang der Ill und war in einen Wachtraum geglitten, in dem sie die Freitreppe hinabschritt und Henri ihr in Breeches und mit einem kecken Jägerhut entgegeneilte. Erstaunlich, was eine militärisch geschnittene Lodenjacke aus Männerschultern machte. Sie erkannte ihr Haus an seinem Geruch nach Möbelwachs und frischen Blumen wieder. Rosen, Phlox, Madonnenlilien. Nun stand sie auf der Terrasse und schaute zum Tor, durch die lange Flucht der Eiben und sah Henri, der dort mit einem kleinen Mädchen an der Hand auf sie zukam. Das Linchen.

Es gab etwas, das sie ihm nie verzeihen konnte und das nun in Gestalt von Alphonses Tochter durch die Tür trat, dieses schlimme Kind, das so sehr nach seinem Vater geschlagen war. Nur auf sein Drängen hatte sie ihm ein Heim geboten, oder das, was Alphonse glaubte, dem mutterlosen Mädchen schuldig zu sein. Als es mit einer Art Reisesack über der Schulter in Buchfinkenschlag einzog, wusste sie, dass es mit dem empfindlichen Gleichgewicht zwischen ihr, Henri und Alphonse vorbei war. Es dauerte nicht lange und Marion hatte Henri und sie entzweit, ihn auf ihre Seite gezogen, ihre kokette, fröhliche Seite, die sie nur ihm zeigte, bis auch er sie drängte, das verlassene Kind anzunehmen – es zu lieben!

Aber Marion war kein Kind mehr und auch kein nettes junges Mädchen. Rose hatte ihrerseits nicht lange gebraucht, um zu bemerken, dass sie eine notorische Diebin war. Sie stahl kleine Dinge: die Taschenuhr ihres Großvaters, eine Meissner Figurine, zwei silberne Schöpflöffel, ihre Ohrringe mit den Rubinen. Sie stahl mit der Einfalt jener, die glauben, ihre Besitzer würden den Verlust nicht bemerken, weil so viel anderes noch da war. Jedes Mal, wenn Marion mit Alphonse oder Henri in die Stadt gefahren war, fehlte wieder etwas. Den Meissner »Komödiant mit Laute« bekam Rose von einem Antiquitätenhändler zurück, bei dem sie gelegentlich kaufte. Er hatte der dummen Gans fünfzig Mark dafür gegeben. Die Figurine war das Zehnfache wert. Sie hatte sie stillschweigend an ihren Platz zurückgestellt und Marions Taschengeld erhöht. Zwei Wochen später vermisste sie ihre Geldbörse, und als sie zwischen den Sofakissen wieder auftauchte, fehlten die großen Scheine.

Rose hielt Marions kriminelle Energie und ihre Launen, diese singende Heiterkeit, diese zappelige Wut, das blitzende Lächeln und die tiefe Apathie für die Symptome einer Geisteskrankheit. Sie verstand das Zittern in der Sonne und den Schweiß in der Kälte nicht. Sie sah Marion an den Türrahmen ihres Zimmers gelehnt, langsam hinabrutschen, sich wie eine Schlafwandlerin wieder aufrichten und wieder rutschen, unansprechbar, lallend. Henri tat ihr Entsetzen mit einer Handbewegung ab, die sie zu verabscheuen lernte. Das kleine Fräulein hatte gestern Abend wohl zu tief ins Glas geguckt. Der Kater würde ihr eine Lehre sein. Was knabberte sie da an ihrem Toast? Greif zu, Marion! Hier sind Eier und Speck und Pilze. Marion war vom Frühstückstisch aufgesprungen und weggerannt. Mädchen und ihre Grillen! Henri fand das zum Schießen.

Aber Rose glaubte ihm sein Gelächter nicht. Sie hatte angefangen, ihn zu beobachten, wenn Marion in der Nähe war. Wie gern er ihr gefallen wollte. Wie einvernehmlich er zu ihren Frechheiten schwieg. Zog es ihn nicht auch immer dann in den Park, wenn sie sich am Schwimmbecken sonnte? War er es nicht, der immer neue Gründe fand, warum Marion nicht wieder zur Schule gehen, sondern in Buchfinkenschlag bleiben sollte? Närrisches, eifersüchtiges Röslein? Er lachte über sie, und es tat weh. Wie konnte sie dieses Geschöpf lieben! Aber immer, wenn sie daran dachte, wie Henri für Marion gesprochen hatte, begann ihr Herz schwerer zu schlagen.

Rose wandte nicht den Kopf, als die Pflegerin eintrat und den Tee brachte. Sie wartete, bis sie das Tablett auf dem kleinen Tisch neben ihrem rechten Ellenbogen abgesetzt hatte, achtete darauf, dass die Milch vor dem Tee eingegossen wurde und ließ sich einen Löffel Zucker hineinrühren. Sie bestand auf ihren dünnen Tassen mit den Chinarosen und auch, dass Zerbrochenes ersetzt wurde. Die Dinge in Ordnung zu halten, bedeutete, dass das Leben weiterging. Es war ihre Vorlesestunde. Die junge Frau zog den Stuhl an ihre Seite und schlug die Zeitung auf. Sie hatte eine hohe, leiernde Stimme, als stünde sie kurz davor, in Tränen auszubrechen.

»Sie müssen nicht schreien, Agnes, ich höre ausgezeichnet«, sagte Rose und kehrte nach Buchfinkenschlag zurück. Das Schlimmste war nicht, dass Henri von Marion behext war und versucht hatte, ihr Gewalt anzutun. Das Schlimmste war, dass sie es nicht verhindert hatte. Sie hatte Alphonses Kind nicht geliebt und beschützt, wie sie ein eigenes Kind geliebt und beschützt hätte. Sie hatte Marion nicht vor sich selbst retten können. Sie hatte sie sterben lassen. Die Abscheu vor Henri, dessen Niedertracht und lüsterne Gewalt Marion in den Tod getrieben hatten, war eigentlich auf sie, auf ihr kaltes Herz gerichtet.

Hätte sie etwas tun können in dieser Nacht, als ihre Gäste durch den Park liefen und nach Marion riefen? Sie hätte darauf bestehen sollen, dass sie weiter suchten! Stattdessen hatte sie Marie angewiesen, mit dem Aufräumen zu beginnen zum Zeichen, dass das Fest beendet sei und alle nach Hause fahren oder ins Bett gehen sollten. Sie hatte die Fassung gewahrt, nachdem Marion schreiend die Turmtreppe heruntergestürzt kam, aber mit ihrem Verschwinden war das Maß voll. Mochte sie nun bei Alphonse Unterschlupf suchen. Sie konnte keinen Menschen mehr um sich ertragen; am wenigsten Henri, der noch einmal aufgebrochen war, um die Landstraße abzugehen, Henri, der Stunden zuvor über Marion hergefallen war. Sie hatte ihre Tür verriegelt, zwei Valium genommen und sich hingelegt. Das Nächste, woran sie sich erinnerte, war Johann, der halb ertrunken in der Terrassentür stand.

Henri hatte ihr zwei Briefe von seiner neuen Adresse in dieser gewöhnlichen kleinen Stadt geschickt. Sie hatte sie ungeöffnet retourniert. Wenn er vielleicht etwas hartnäckiger und weniger stolz gewesen wäre … Und nun schrieb er ihr in seinem letzten Brief, den sie nicht zurückschicken konnte, dass nicht er die Schuld trage, sondern ein ruchloser Verbrecher, der auch sein Leben zerstört habe. Doch im Grunde hatte er selbst damit begonnen.

Rose sah noch ein anderes Bild vor sich. Die Bücherschränke ihres Großvaters und hinter den Glastüren die Lederrücken der alten Pflanzenbücher, in denen Kalenderzettel als Lesezeichen steckten. Darauf hatte sie Henris kleine Schrift entziffert, in der er die Rezeptur für Tollkirschensud, Alraunentee, Bilsenkrautextrakt und Stechapfeltinktur in geläufige Maße übertragen hatte.

Sie hatte ihn zur Rede gestellt und er hatte sich zungenfertig verteidigt. Nein, aufrichtig war er nicht, und natürlich war es Bruant, der damit angefangen hatte, seine kleinen botanischen Experimente auszubeuten. Ja, es gab Menschen, die diese Sachen kauften. Nein, es sei ganz ungefährlich und völlig legal, reine Natur, etwa wie Schnupftabak, und der kleine Johann sei ein tüchtiger Apotheker. Sie müsse sich da überhaupt keine Sorgen machen. So hatte sie stillgehalten, nicht überzeugt, aber besänftigt, angelächelt, geküsst. Doch ihre Zweifel waren geblieben, hatten wie ein lebendiges Samenkorn in einer harten Kapsel geruht. In Straßburg hatte sie den Botanischen Garten der Universität besucht und mit dem Direktor gesprochen, Dr. Munch, ein sehr kenntnisreicher Mann auf seinem Gebiet. Johann würde ihr einiges erklären müssen. Sie seufzte und die Pflegerin unterbrach ihre laute Lektüre.

»Es ist genug, Agnes«, sagte Rose. »Sie können mich jetzt allein lassen. Nehmen Sie den Tee wieder mit.«

In ein paar Monaten, einem Jahr – sie hoffte, es bliebe ihr noch eine gute Frist – würde sie nicht mehr die Kraft haben, die Pflegerin wegzuschicken. Agnes würde sie am Quai St. Thomas entlangschieben, Rose mit dem zitternden Mund, in den Rollstuhl gestopft, die Händen auf der Decke über ihren Knien, warm gehalten auch an hellen Sommertagen; an den buchfinkenfarbenen Herbsttagen, graublau wie der Kopf des kleinen Vogels, olivgrün wie sein Bürzel, rostrot wie die Brust, und dann der Winter, grau und schnittig wie ein Kleiber. Kleiberfarbene Dezembertage, dachte Rose, nein, so hätte er es nicht gesagt. Blaumeisenblaue Morgen, taubengraue Nachmittage, krähenschwarze Nächte. Und diesmal sah sie sich mit

Henri im Park. Die frischen Blätter der Buchen schienen aus sich selbst heraus zu leuchten. Maienschein, das schönste Grün der Welt. Die Luft wie zum Trinken und die weißen Anemonen, die auf ihren dünnen Stängeln in der Brise flatterten. Buschwind-Röslein, sagte Henri. Er stand hinter ihr und hielt für sie das Fernglas. Da, schau mal, ein Buntspecht! – Fink und Star, Mönchsgrasmücke, Fitis und Eichelhäher, ja, Liebster, ja, der Eichelhäher, die Polizei im Walde. Rose lächelte vor sich hin, lehnte sich gegen ihn und wartete, dass er sie in die Arme schloss.

Sie öffnete die Augen und wusste nicht, wo sie war. Früher war ihr das nur nach einem schweren Traum passiert und es ging schnell vorbei. Diesmal nicht. War das ihr Zimmer? Sie tastete nach der Klingel, um Marie zu rufen, aber nein, es war ja die andere, die Dunkle mit dem Greinen in der Stimme. Was lag hinter diesem Fenster? Sie dachte nach. Es war die Ill. Dies war Straßburg. Wenn sie die Pflegerin nach dem Namen fragte, würde das Mädchen glauben, dass sie ihre sieben Sinne nicht mehr beisammen hätte. Das wäre unerträglich. Sie würde ruhig bleiben und versuchen an etwas anderes zu denken, bis ihr der Name wieder einfiel. Sie würde an den Zeitungsartikel denken, den sie ihr vorgelesen hatte. Etwas über Möpse und deren Mängel war zu ihr durchgedrungen, eine Deformation, die dazu führte, dass diese Hunde nicht bellen, sondern nur keuchen konnten; man nannte es Qualzucht … Agnes. So hieß sie, Agnes Elflein. War sie unfreundlich zu Agnes gewesen? Natürlich nicht. Warum dann immer dieser Ton der Beschwerde? Es war nicht zu spät, eine besser gestimmte Pflegerin zu engagieren. Etwas mehr Lebensbejahung durfte man in diesem Alter wohl erwarten. Lebte Marie eigentlich noch? Alles rückte wieder an seinen Platz. Ihr Kopf war in Ordnung. Doch der Schreck war ihr ins Herz gefallen und liegen geblieben.

Sie hatte klug gehandelt, als sie Alphonse sein Mandat abgenommen und wieder selbst über Buchfinkenschlag entschieden hatte. Eine gute Lösung. Sehr zufriedenstellend. Nun musste sie nur noch die Sache mit dem Testament klären. Dreißigtausend Euro hatte der arme Henri seinen Erben hinterlassen und zwei von ihnen hatten sich prompt in Richtung Quai St. Thomas in Marsch gesetzt, um herauszufinden, was sie wusste, oder um seinen Namen reinzuwaschen, wie er es gewünscht; das neugierige Linchen und ihr Bruder, der sich selbst eingeladen hatte. Und Johann.

Die Art, wie Alphonse Bruant mit Johann Gerswiller umgesprungen war, hatte Eilemann tief beeindruckt. So etwas hätte er schon längst einmal selbst ausprobieren sollen. Stattdessen war er immer viel zu schnell mit allem einverstanden gewesen.

Horst Eilemann war von einer großen Sehnsucht nach fernen Ländern erfüllt. Um ihnen näher zu kommen, ohne dafür bezahlen zu müssen, hatte er das führende Lifestylemagazin Extravagant erfunden und ins Internet gestellt. Er hatte sich zum Chefredakteur ernannt und eine passende Visitenkarte drucken lassen, mit der er auf Tourismus-Messen, bei PR-Agenturen und Fremdenverkehrsverbänden eifrig antichambrierte. Er war auch zu einigen Pressereisen eingeladen worden, gern mitgefahren, hatte jedoch keine Zeile über die vorteilhaft präsentierten Destinationen veröffentlicht und so waren das Magazin Extravagant und sein Chefredakteur bald wieder von der Liste der nützlichen Multiplikatoren verschwunden. Als Pressevertreter glaubte Eilemann jedoch, ein Recht auf freie Beförderung und üppige Gastfreundschaft zu genießen. Er war mit seiner Zurückweisung nicht einverstanden und hatte bei den Agenturen wiederholt für sich und sein unverzichtbares Medium geworben; vergeblich. Nun beschloss er, den Spieß umzudrehen und einen vernichtenden Kommentar ins Netz zu stellen, in dem er die schmierigen Machenschaften der Reklamefuzzis und die Bestechlichkeit der Presseheinis geißeln würde. Er hatte auch schon eine knackige Überschrift: Wes Brot ich ess', des Lied sing ich noch lange nicht.

Auf der Rückfahrt zum Maklerbüro saß er neben Bruant im Fond des schwarzen Geländewagens und merkte sich, wie mit Widerständigen zu verfahren sei. Bruant hatte es nicht für nötig befunden, seinem neuen Verbündeten zu verraten, dass er als Makler schon lange nicht mehr befugt war, die Villa Buchfinkenschlag zu verkaufen und den Gärtner auf die Straße zu setzen. Im Lichte seiner Philosophie, dass jedes Mittel recht war, welches seiner Sache diente, erschien ihm das Verschweigen des wahren Sachverhalts lässlich und die Demütigung Gerswillers durchaus gebührend. Bruant war in Fragen der Gesetzestreue Libertin, in Sachen Gewinnmaximierung jedoch Fundamentalist. Wer es, wie Gerswiller, im Leben zu nichts gebracht hatte – wer, wie Gerswiller, nur wie ein Schwein in der Erde wühlte – und wer, wie Gerswiller, sich am Besitz anderer schadlos hielt, verdiente eine Lektion. Die hatte er erhalten. Nun war er wieder da, wo er hingehörte: im Dreck.

Dieses verkommene Subjekt, so erfuhr Eilemann, war die Frucht staatlicher Erziehungsmaßnahmen; erst als Insasse eines Waisenhauses, später von der Polizei als Streuner und Kleindealer aufgegriffen und von einem Jugendrichter zum Dienst an der Gesellschaft verdonnert.

»Resozialisierung nennt man das, Herr Eilemann«, sagte Bruant und strich sich mit der flachen Hand über sein viel zu schwarzes Haar. »Und das ausgerechnet chez nous in Buchfinkenschlag. Anstatt das ganze Gelichter ins Bleibergwerk zu stecken. Aber Madame Bruant, die Gute, war immer viel zu weichherzig; Chance geben und so weiter, Bücher ausleihen, Reden über Rosen und Gedichte, Latein im Garten und gute Manieren, der ganze sentimentale Quatsch. Sie meinte, aus dem Landstreicher könnte noch was werden.« Er lachte höhnisch. »Und das Ergebnis? Wir haben den Bock zum Gärtner gemacht.«

Eilemann lachte beflissen mit. Dann besann er sich. Er wollte ja nicht mehr gleich mit allem einverstanden sein. Deshalb brachte er rasch die Rede auf die Ermittlungen im Fall Marion B., aber er erfuhr nichts Neues. Keine Gewalt, kein Kampf, keine Spuren eines Dritten. Nur Gerswillers nasse Füße, der überall herumgetappt war, als er die Tote aus dem Wasser gezogen hatte. Marion war allein zum Schwimmbecken gegangen. Die Polizei hatte die Akte geschlossen; ein Unfall, fertig.

»Damit war Gerswiller raus, aber ich weiß, dass er sie bis zum Letzten getrieben hat«, sagte Bruant und zog Speichel durch die Zähne. »Sie müssen dieses Insekt unter Druck setzen, Herr Eilemann – seinen schwachen Punkt herausfinden, und dann patsch! Sie sind doch Reporter. Ich zähle auf Ihre Findigkeit. Wie wär's mit seiner neuen Freundin, diesem kleinen Fräulein, das wie ein Kalb aus der Wäsche glotzt? Ach, Sie kennen sie? Umso besser.«

Und so war Eilemann nach Buchfinkenschlag zurückgekehrt, als alle Welt noch schlief. Er hatte seinen Wagen in einem Waldweg hinter Brombeerhecken abgestellt, war den Schotterweg zu Gerswillers Häuschen gegangen, vorbei an dem geschändeten Garten und weiter zum großen Haus, das sich mit dem Anschein der Unzerstörbarkeit wie eine lichtscheue alte Diva in den Morgennebel hüllte. Erst im Innern knipste er seine Taschenlampe an, geisterte durch die Flure, stieg hinunter in die Küche und hinauf bis zum ersten Stock. Glas knirschte, morsche Deckenbalken bogen sich unter seinen Füßen, eine Fledermaus zickzackte ihm über den Kopf und schoss durch eine Fensterhöhle hinaus. In keinem der oberen Zimmer hing mehr eine Tür in den Angeln, aber im Keller fand er, was er gesucht hatte, und stellte bereit, was er brauchen würde. Schließlich ließ er sich auf der Marmortreppe in der Halle nieder, packte sein Frühstücksbrot und eine Banane aus und nachdem er sich gestärkt hatte, ging er zurück und bezog hinter Gerswillers Hausecke Position.

Lina ließ das Fenster herunter, als Eilemann neben den Wagen trat. Sie trug noch immer das blaue Männerhemd und über der Achsel die Bänder ihrer roten Strohsandalen. Der hochgestellte Hemdkragen und ihr herablassender Blick fachten seine Wut an. Arrogante Kuh. Hässliche Kröte. Er hatte ihren Spott über den Verband deutscher Chefredakteure nicht vergessen. Chaosbrüder. Jetzt würde er sie dafür drankriegen. Er lachte in lebhafter Vorfreude.

»Überraschung«, sang er.

»Ich hab' keine Zeit. Wir müssen fahren. Johann schneidet nur noch ein paar Blumen für Tante Rose ab.«

Sie hatte sich verplappert, und er sah, dass sie sich ärgerte.

»Genau, Tante Rose«, sagte er geschmeidig. »Um die geht's. Dein Freund Gerswiller und Tante Rose. Ich bin mit meinen Recherchen nämlich auch ein ganzes Stück weiter gekommen. Da staunst du, was? Los, komm, Lina, sei kein Frosch, nur fünf Minuten.«

»Das kannst du mir doch auch alles hier erzählen.«

»Nein, kann ich nicht, das musst du dir angucken. Es ist echt sensationell.«

Sie seufzte wie eine überforderte Mutter, die am Bonbonregal ihrem quengelnden Kind nachgibt, griff nach ihrer Tasche und stieg aus. Neugier war der Katze Tod, dachte Eilemann. Er nahm sie unter den Schirm und führte sie mit langen Schritten durch den Obstbaumhain und den verwilderten Garten mit der Sonnenuhr zur Rückseite des Hauses. Er durfte ihr nicht allzu lange Zeit zum Nachdenken lassen. Schon wurde sie ungeduldig, zog den Arm unter seinem

Ellenbogen weg und hüpfte zimperlich um die Pfützen herum.

»Sag mal, wo willst du denn hin? Und überhaupt, seit wann machen wir beide gemeinsame Sache? Du warst doch ganz versessen darauf, deine heiße Spur allein zu verfolgen.«

»Tja, die Nummer ist wohl ein bisschen zu groß für mich«, grinste er. »Du musst mir helfen, Lina, und dann machen wir fifty-fifty.« Er hakte sie wieder unter, zog sie durch den Innenhof und drängte sie die Treppe hinunter ins Souterrain.

Das Untergeschoss von Buchfinkenschlag war Bruants Knechten nahezu heil entkommen. So viel befriedigender war es, Glasfenster, Stuck und Schmiedeeisen zu zertrümmern, als in den schmalen dunklen Gelassen, in denen man nicht einmal richtig ausholen konnte, den Vorschlaghammer zu schwingen. Deshalb hing in der Spülküche noch das weiße Keramikbecken an der Wand und die Kammern, in denen vor dem Eintreffen des ersten Kühlschranks Wildbret und Butter, Fisch und Eier auf Marmortischen gelagert hatten, waren unversehrt. Eilemann warf den tropfenden Schirm in den Spülstein.

»Horst, hör jetzt auf, lass mich los.«

»Komm schon, Lina, hier ist es.«

Er öffnete eine der Türen, und als sie vor der Dunkelheit zurückwich, stieß er sie hinein, ergriff die Kohlenschaufel, die er neben der Tür deponiert hatte, schlug ihr damit auf den Hinterkopf, riss ihr die Tasche von der Schulter, schmetterte die Tür hinter ihr zu und rammte den eisernen Riegel in die Verankerung. In der Halle durchwühlte er Linas Tasche. Ihr Mobiltelefon war noch immer eingeschaltet und er brauchte nicht lange, um im Verzeichnis Gerswillers Nummer zu finden. Jetzt hatte er ihn. Er spürte Wärme vom Herzen bis in die Hände wallen. Dreißigtausend Euro! Einmal um die ganze Welt, Orientexpress, Transsib, Queen Elizabeth, Route 66, Karibik, Australien und er, Horst Konrad Eilemann, Chefredakteur, mittendrin. Am liebsten hätte er ein Triumphgeheul ausgestoßen. Jetzt musste der Typ nur noch drangehen. Er tat es nach dem zweiten Rufton.

»Lina? Lina? Mensch, wo bist du denn? Ich dachte ...«

»Hier ist nicht Linalina«, rief Eilemann. Er wünschte plötzlich, er hätte sich etwas gründlicher vorbereitet. »Hören Sie, Gerswiller!«, fuhr er fort – im wirklichen Leben sagte kein Mensch ›Hören Sie‹. Das taten nur amerikanische Polizisten in Fernsehserien mit unaussprechlichen Namen. Und Horst Eilemann. »Hören Sie!«, wiederholte er, »Lina geschieht nichts, wenn Sie vernünftig sind.«

»Was soll das? Wer sind Sie überhaupt? Geben Sie Lina Weil ihr Telefon zurück und zwar sofort!«

»Mein Name tut nichts zur Sache. Und Lina ist

nicht in der Lage, ans Telefon zu gehen. Ich sage Ihnen jetzt genau, was Sie tun werden. Sie werden auf diese Mailbox eine Nachricht sprechen, und zwar folgende. Wollen Sie's mitschreiben?«

»Mann!«, schrie Gerswiller, »haben Sie noch alle Tassen im Schrank? Sie sind doch diese Pfeife, die gestern hier mit Bruant aufgetaucht ist. Wo sind Sie? Was haben Sie mit Lina gemacht? Ich krieg Sie! Ich leg Sie um!«

»Ha ha«, sagte Eilemann. Gerswillers Wut machte ihm Spaß. Von wegen Pfeife. Es war vorbei mit dem Herumkommandieren. Von heute an würden die anderen nach seiner Musik tanzen.

»Ich sage Ihnen jetzt, was Sie auf diese Mailbox sprechen werden. Dann beende ich das Gespräch, und wenn Sie in einer viertel Stunde zurückrufen und tun, was ich Ihnen gesagt habe, verrate ich Ihnen, wo Lina ist. Und dann machen Sie bitte ein bisschen hoppla, denn es geht ihr nicht gut. Andernfalls ...« Aber so weit hatte Eilemann noch gar nicht gedacht. Deshalb wiederholte er nur drohend: »Andernfalls werden Sie es bereuen.« Er hörte Gerswiller Atem holen.

»He, sind Sie noch dran? Hören Sie, Sie werden Folgendes sagen: Ich bin Johann Gerswiller und ich bekenne mich schuldig, in der Nacht zum 22. Juni 1977 Marion Bruant durch mein unverantwortliches, treuloses und schweinisches Verhalten in den Tod getrieben zu haben. Sie können's gerne noch ein bisschen ausschmücken, aber das ist der Kernsatz, kapiert?« Und damit beendete er seinen Anruf.

Lina machte die Augen auf und schmeckte Blut. Es lief ihr warm aus der Nase. In ihrem Kopf schien sich das Gehirn von seinem angestammten Platz gelöst zu haben und bei jeder Bewegung gegen die Schädeldecke zu stoßen. Sie erhob sich auf die Knie. Ihre aufgeschürften Handflächen brannten. Sie drückte den Hemdsärmel unter die Nase und rutschte dort hin, wo es etwas heller war, fand einen glatten wulstigen Rand und stemmte sich hoch. Dann erkannte sie den Raum. Es war das Pisspottzimmer.

Langsam tastete sie sich zurück ins Dunkel, wo sie die Tür vermutete, fühlte kreidigen Putz, den Rahmen, die Angeln, keinen Griff. Sie lehnte ihre Stirn gegen die Tür und hielt still, bis das Hämmern im Kopf nachließ. In ihrer Benommenheit fühlte sie mehr Empörung als Angst. Was war in diesen Eilemann gefahren? Was hatte er mit ihr vor? Er konnte sie doch nicht einfach hier einsperren und sich verdrücken. Überraschung! Die war ihm gelungen! Der Blödmann hatte sie ausgetrickst. Und nun saß sie im Pisspottkeller!

Die kleine Lina hatte diesen Raum immer mit besonderem Interesse aufgesucht, denn vor dem Einbau wasserspülender Klosetts hatten hier die Hausmädchen jeden Morgen die vollen Nachttöpfe in den Schlund eines weißen Steingutbeckens geleert. Sie erinnerte sich, dass zu ihrer Zeit noch immer Pötte und Wasserkannen auf einem hohen Bord standen und in der Ecke eine Schuhputzkiste. Jetzt war der Raum leer. Ein wenig Licht floss durch eine Luke oben in der Mauer. Sie wandte sich um und ging darauf zu. Immerhin, das Becken war noch da. Nur kein Wasser. Es gab peinlichere Verliese. Falls sie länger bleiben musste. Sie räusperte sich:

»Hallo!«, rief sie, dann etwas lauter »Hallo«, und noch einmal »He, hallo, hallo!« Der Klang ihrer Stimme machte ihr Angst. Sie würde nicht um Hilfe schreien. Noch nicht. Stattdessen begann sie zu singen. Komm, lieber Mai und mache. Die Gedanken sind frei. Lebewohl, gute Reise.

Es war kalt im Pisspottzimmer und ihre Kleider waren beim Gang durch den Regen feucht geworden. Sie kauerte sich auf die Kante des Beckens, zog die Knie hoch, begann ihre nackten Zehen zu biegen und die Füße gegeneinander zu reiben. Warum trug sie keine Schuhe? Weil sie ihre Espadrilles zusammengeknotet hatte. Als sie stürzte, waren sie ihr von der Schulter gerutscht.

Mittlerweile hatten sich ihre Augen an das Dämmerlicht gewöhnt. Die roten Strohschuhe lagen auf den Steinfliesen. Und weiter? In der Nische neben dem Becken lehnte ein hölzerner Stiel; ein Schrubber. Sie musste sich überwinden, ihn mit ihren zerschundenen Händen anzufassen, aber je fester sie zupackte, umso leichter war der Schmerz zu ertragen. Sie stülpte einen Schuh über das Ende, stieg in das Becken, suchte Halt für ihre Füße über dem Schlund und schob den Stiel auf die Luke zu. Er war zu kurz. Über dem Ausguss gab es ein Klappgitter, auf dem die Nachttöpfe abgestellt und ausgespült worden waren. Sie trat vorsichtig darauf. Es schnitt ihr in die Füße, es bog sich unter ihrer Last. Sie verlor das Gleichgewicht, der Schrubber entglitt ihr und knallte zu Boden. Beim rettenden Absprung fiel sie auf ihre zerschrammten Hände.

Sie musste es vom hohen Rand aus probieren, ehe ihre Füße so kalt und taub waren, dass sie sich nicht mehr hinauftraute. So steckte sie den Schuh wieder auf den Stiel, kletterte zurück auf das Becken und drückte den freien Arm gegen die Mauer. Der Beckenrand war glatt und nicht einmal handbreit. Sie spannte sich, hob sich langsam auf die Zehen, schob mit den Fingerspitzen den Schrubber bis in die Luke und gab ihm mit letzter Kraft einen Schubs. Wieder verlor sie ihn, wieder musste sie auf die Steinfliesen springen; der Schrubber schlug neben ihr auf den Beckenrand, aber der Schuh blieb oben, rutschte langsam über die Kante nach draußen und fiel mit einem leisen Plopp Johann Gerswiller vor die Füße.

Von den fünfzehn Minuten, die Eilemann ihm für einen Rückruf eingeräumt hatte, nutzte Gerswiller zwei zum Nachdenken. Er spreizte seine Hände. Sie zitterten kaum. Die Wut sollte ihn nicht treiben; die Wut und die schwarze Galle, die ihn vergiftete, seit Bruant ihm gedroht und seinen Garten vernichtet hatte. Seitdem hatte er immer nur das Nächste getan, sturheil voraus, wie einer, dem der Kopf abgeschlagen worden war und der immer noch weiterrannte. Lina hatte ihn festgehalten, ausgerechnet Lina, die ihren Finger in eine Wunde gesteckt hatte, von der er geglaubt hatte, sie habe sich geschlossen. Und nun dieser Idiot von Kidnapper mit seinen dreckigen Griffeln und seinem Ultimatum. Das Nächste war, die beiden zu finden.

Weit konnten sie nicht gekommen sein. Im weichen Leder des Fahrersitzes hatte sich noch die Form ihres Hinterns abgezeichnet, als er mit dem Rosenstrauß eingestiegen war. Zuerst hatte er sie im Haus gesucht. Er war gereizt, denn er konnte zwar auf das Erscheinen einer Osterglocke, aber nicht auf eine Frau warten. Als sein Handy zu zirpen begann und ihr Name auf dem Display erschien, wollte er seinem Ärger Luft machen, begriff aber schnell, dass er statt Lina ihren Entführer in der Leitung hatte; eine hämische Stimme, überschnappend, ein Amateur. Was sollte das heißen, es ging ihr nicht gut? – Lina mit ihren Kulleraugen, eine halbe Portion, aber vom gleichen Kaliber wie Rose; unbeirrbar wie die Komantschen auf dem Kriegspfad, streng mit sich selbst, dabei nichts von Jungfer Zimpf unter der Verkleidung und tapfer; jedenfalls hoffte er das für Lina. War sie verletzt? Hatte der Kerl sie gequält? In irgendein Loch gesteckt? Nun zitterten seine Hände doch. Eilemann war ein Stümper, aber er würde nicht den Fehler machen, ihn zu unterschätzen.

Gerswiller nahm sein Kleinkalibergewehr vom Schrank, klappte es auf und schob zwei Patronen in die Läufe, steckte sein Handy in die Hosentasche, schloss die Tür hinter sich und rannte durch den Obstbaumhain zum großen Haus hinüber. Wenn der Kerl Lina nicht bewusstlos geschlagen oder geknebelt hatte und dann irgendwo draußen in Deckung gegangen war, konnten die beiden nur dort sein. Aber Gerswiller hielt Eilemann nicht für den Typ, der sich gern ins nasse Gras setzte. Außer dem Weg durch das Wäldchen zu seiner gelben Rose, den er selbst gegangen war, gab es nur noch einen weiteren Trampelpfad durch den Park und der führte nach Buchfinkenschlag; ein großes Versteck, aber kein sicheres. Die

Fußböden in den oberen Stockwerken trugen nur noch an Stellen, die er allein kannte. Ein Entführer, womöglich mit einer menschlichen Last, würde dort nicht hinaufsteigen. Er verharrte hinter einem der steinernen Torpfosten zwischen Garten und Haus, alle Sinne gespannt, atemlos, bis ihm das Blut in den Ohren summte. Eine Elster flog tschackernd von einer Gaube und brachte eine abgerissene Dachrinne zum Schwanken. Dann war es wieder still und nur der Regen flüsterte mit den Blättern.

Und wenn Eilemann sie gezwungen hatte, mit ihm zur Straße zu gehen, wo er seinen Wagen abgestellt hatte? Aber er hatte kein Motorengeräusch gehört. Dafür erkannte er auf dem schlammigen Weg die Spur eines Turnschuhs und daneben einen nackten Fußabdruck. War sie arglos mitmarschiert?

Schnell lief er zur Rückfront und drückte sich durch die Hintertür. Als sich sein Atem beruhigt hatte, hörte er sie singen, sehr leise, von weit unten, und er ließ das Gewehr sinken, weil er auf die Schwäche, die ihn überfiel, nicht gefasst war. Sie sang sich Mut zu. Sie sang, weil sie mit ihm rechnete. Sie rechnete mit einem, auf den niemand zählen konnte. Marion nicht, Rose nicht. Lina würde er da rausholen und dem Kerl aufs Maul schlagen, aber das war es. Er konnte sie nicht behalten. Es war nichts gutzumachen. Wie die Dinge lagen, musste jeder auf sich selbst aufpassen. Er lief weiter wie ein Geist, von Tür zu Tür, um die Glasscherben herum, die Schutthaufen und zertrümmerten Vertäfelungen. Als er den Innenhof erreichte, hatte das Singen aufgehört. Nichts rührte sich in dem großen Schacht. Er stand still, als er ein Schaben vernahm. Dann sah er, wie ein roter Fleck auf dem Sims einer Kellerluke erschien, als spähte ein kleines Tier aus seinem Bau, verharrte und purzelte in Form einer Strohsandale ins Freie. Er kniete sich hin und rief leise hinunter:

»Lina? Alles okay?«

»Ja, ja, ja, ach, Johann, liebster, bester Johann. Da bist du. Ich bin hier unten.«

»Und wo ist der Typ?«

»Ich weiß nicht. Er hat den Riegel vorgeschoben und ist verschwunden.«

»Hat er eine Knarre?«

»Nein, nein, nur einen Regenschirm.«

»Ich schau mal nach. Warte noch. Ich bin gleich bei dir.«

Er schlich weiter bis zur Eingangshalle. Dort saß Eilemann auf der Treppe, wandte ihm den Rücken zu und blickte gespannt auf das Display von Linas Handy. Die Viertelstunde war um.

Gerswiller stellte lautlos das Gewehr ab, zückte sein Telefon und drückte die Rückruftaste. Eilemann sprang auf, als es klingelte. Er hatte den Lautsprecher eingeschaltet und so hörte der Anrufer seine eigene Stimme durch die Halle scheppern:

»Ich bin Johann Gerswiller, und wenn Sie jetzt nicht die Hände hochnehmen und sich langsam umdrehen, dann brenne ich Ihnen ein zweites Loch in den Arsch. Ich kann meine Bitte gerne noch ein bisschen ausschmücken, aber das ist der Kernsatz, kapiert?«

Bevor sie bei Tante Rose vorsprachen, kaufte Lina einen Rock und eine Bluse, wie sie schon dutzendfach in ihrem Schrank hingen. Johann half ihr beim Anziehen, weil sich Knöpfe und Reißverschluss ihren verbundenen Händen widersetzten, und sie lachte über ihn. Beim Ausziehen stellte er sich fingerfertiger an.

Als er sie am Morgen aus dem Pisspottkeller befreite, hatte sie still im Dunkeln hinter der Tür gestanden und war ihm dann in die Arme gesunken im schmutzigen Hemd, mit blutiger Nase und aufgeschürften Händen. Eilemann war vertrieben. Er hatte den Schwanz eingezogen und das Weite gesucht. Sie musste keine Angst mehr haben. Alles war gut. Alles war gut.

Aber warum hatte er ihr das angetan? Dieser falsche Schmunzler, dieser niedrige Mensch! Was bezweckte er damit? Hatte er wirklich etwas herausgefunden? Wollte er verhindern, dass sie mit Tante Rose sprach?

»Keine Ahnung«, sagte er leichthin.

»Ach, Johann, was bin ich froh, dass du mich da unten gefunden hast!«

»Ich bin eben ein alter Pfadfinder, allzeit bereit. Und du hast so schön gesungen.« Ihr Lachen überschlug sich in einem Schluchzer.

»Und ich hab' schon geglaubt, ich müsste im Kerker verschmachten. Das war die längste Stunde meines Lebens.«

»Es waren keine zwanzig Minuten.«

»Wirklich? Es kam mir furchtbar lange vor. Und es war so kalt. Aber dieser Eilemann. Ich muss mit ihm reden! Wo ist mein Handy?«

»Später. In deiner Tasche. Jetzt müssen wir dich erst mal stadtfein machen.«

In seiner Küche hatte er sie verarztet, ihr das Blut abgewaschen, die Haare gekämmt, ihre Füße in seinem Schoß gewärmt und ihr mit der Pinzette Dreck und Splitter aus den Handflächen gezogen, die sie ihm über dem Tisch entgegenhielt.

»Ist wie beim Sämlinge-Pikieren«, erklärte er und lächelte aufmunternd. Lina hatte von dieser Tätigkeit keine Vorstellung. Ihrer Tüchtigkeit beraubt, ergab sie sich, und obwohl ihr das Wasser in die Augen stieg, fühlte sie eine Euphorie, die sie immer nur dann überkam, wenn ihr eine selbstlose Geste widerfuhr; es war ein Sekundenrausch aus körpereigenen Substanzen, ein Gefühl, als fließe das Blut dicker und sträube sich ihr leis das Haar. Das ist jetzt für immer, dachte sie, während sie seinen gebeugten Kopf und seine großen Hände betrachtete. Sie würde das bisschen Zeit nie vergessen, als keiner von ihnen sprach und Johann mit geschickten und zarten Fingern ihre Handflächen pikierte.

In Straßburg kaufte sie ihm ein neues Hemd. Er trug die lackierte Tüte nonchalant, zusammen mit den gelben Rosen aus seinem Garten und wirkte doch etwas außer der Reihe: ein zahmer graumelierter Herr beim Einkaufsbummel mit seiner Freundin, wäre da nicht eine leicht ungesetzliche Aura um ihn gewesen; der herausfordernde Gang, die langen Haare, der Zigarettengeruch, die nicht vollkommen sauberen Fingernägel. Von einer Vorgartenmauer hatte er einen Zweig des kleinen blauen Immergrüns abgebrochen und ihr durchs oberste Knopfloch gezogen.

»Hübsch und harmlos?«, fragte sie.

»Toxisch«, erwiderte er, »aber du sollst es nicht essen, sondern an mich denken.«

»Mein Paracelsus«, sagte Lina und sie küssten sich an der Ufermauer des Quai St. Thomas.

Eine Hausdame in einem blauen Kleid mit weißem Kragen öffnete ihnen die Tür und sie traten in den Salon. Durch offene bodentiefe Fenster flutete die Mittagssonne; Spitzengardinen lagen wie Schleppen auf dem Parkett und bauschten sich im Durchzug. Die hellen Möbel schimmerten. Im Kamin stand ein frisches Blumenbukett – Phlox, weiß und rosa. Sein Geruch, der an Bratensoße und alte Schränke erinnert, füllte den Raum und rief in Lina das Bild der Dachkammer hervor mit den Kartons im Flur, der Wolldecke über der Chaiselongue und der Metzgerei im Erdgeschoss.

Tante Rose stand im Gegenlicht neben einem mit Teegeschirr gedeckten Tisch, ihre Rechte hielt den Knauf eines hohen Stuhls fest. Sie trug ein dunkelgrünes hochgeschlossenes Kleid, Perlen um den Hals und in den Ohren. Ihr dünnes weißes Haar war wie Zuckerwatte gesponnen und sie war so stark geschminkt, als teile sie mit Alphonse Bruant die Neigung zu falschen Farben.

Lina hatte einmal eine Aufführung der Compagnie der berühmten Tänzerin Martha Graham gesehen, als die selbst schon so alt und gichtig war, dass sie nicht mehr allein über die Bühne gehen konnte und man sie am Ende zwischen zwei Vorhängen offenbar auf einem Rollbrett hinausgefahren und dort wie eine Statue aufgestellt hatte, damit ihr das Publikum applaudieren konnte. So erschien ihr Tante Rose in ihrer theatralischen Pose. Die alte Dame erwartete sie lächelnd und aufrecht, kam ihnen aber keinen Schritt entgegen.

»Ma chère Lina«, sagte sie, »mon cher Johann«,

und betonte seinen Namen auf der zweiten Silbe. Er legte ihr die Blumen in den Arm.»Sie sind die einzige Rose in meinem Garten, Madame«, sagte er, umfing sie leicht und küsste sie auf beide Wangen. Nicht gerade wie ein Sohn, dachte Lina, auch nicht wie der Gärtner. Dieser Kerl hat nichts ausgelassen und sie ist immer noch ein bisschen in ihn verknallt. Die traurige Madame Weil, die ihre Tochter verloren und ihren Mann fortgejagt hatte. Der Gärtnerbursche war auf die Leiter gestiegen und hatte für sie die Rosen aus dem Spalier geschnitten, im Sommer, wenn sie auf dem Höhepunkt sind und kurz vor dem Vergehen, schwer duftend, warm und sexy. Rose hatte hinaufgeschaut, auf seinen kleinen Hintern, an dem er sich immer die Hände abwischte, und als er herunterkam, musste sie seinen Arm berühren.

Tante Rose nahm die Hand vom Stuhlknauf und streckte sie ihr entgegen. Soll ich niederknien?, dachte Lina. Sie fühlte sich, als stünde sie wieder mit ihrem Köfferchen und der Fahrkarte um den Hals in der Eingangshalle von Buchfinkenschlag und die Tante kam die Treppe herab mit Augen streng und dunkel. Sie blickte auf Linas Verbände, hob die Augenbrauen, fragte aber nicht und ließ die Hand sinken.

»Du darfst mich auch küssen, liebe Nichte«, sagte sie und Lina berührte mit angehaltenem Atem ihre Wange, die wie ein rosa Bienenpelz gepudert war.

»Ich sehe, du hast dich kaum verändert.« Rose

sprach mit einem leichten französischen Akzent, an den Lina sich nicht erinnerte.

»Du dich auch nicht, Tante Rose«, gab sie einfältig das herbe Kompliment zurück.

Karl wurde gemeldet und trat ein. Er sah nicht mehr ganz so frisch wie am Vortag aus, war aber randvoll mit guter Laune und präsentierte sich seiner Tante beschwingt mit einem angedeuteten Handkuss. Lina stellte ihn Johann Gerswiller vor.

»Ah, Sie sind das!«, sagte Karl und funkelte ihn vielsagend an.

»Nehmt bitte Platz.« Tante Rose gab der Hausdame, die offenbar in den Kulissen gewartet hatte, ein Zeichen. Daraufhin servierte sie eine Platte mit kleinen dreieckigen Weißbrotschnitten, die mit Pastete, Eier- und Gurkenscheiben, Lachs und Brunnenkresse belegt waren. Die Teekanne war die gleiche, die Lina aus Onkel Heinrichs Schrank mitgenommen hatte. Die Servietten auch. Wenn du wüsstest, Tante Rose, dachte sie. Karl schielte auf ihre Hände.

»Wie hast du das denn geschafft?«, raunte er.

»Hingefallen.«

»Schusselline!« Es schien ihn zu amüsieren.

Johann Gerswiller war der Einzige, der auf Roses einladende Geste hin zu einem Lachssandwich griff. Er hatte noch nicht gefrühstückt. Dann saßen sie schweigend auf den Stuhlkanten. Selbst die Teelöffel klimperten befangen. Lina betrachtete das Porträt über dem Kamin, das in Buchfinkenschlag im Salon gehangen hatte; das Schneewittchenbild, das Rose als junges Mädchen in einem Kleid weiß wie Schnee und Haaren schwarz wie Ebenholz zeigte. Es hatte nicht die mindeste Ähnlichkeit mit der Gestalt, die ihr gegenüber am Tisch präsidierte. Die Disziplin von Jahrzehnten hielt Rose gerade, aber ihre Formen hatten nachgegeben. Augenlider, Wangen und Kehle hingen herab; die Ohrläppchen wurden von den Perlengehängen wie der Fuß einer Muschel in die Länge gezogen. Sie war so schön, dachte Lina. Wie werde ich erst aussehen, wenn ich alt bin? Wie ein Chamäleon. Rose hatte sich noch nicht ergeben. Lina fragte sich, ob sie ihre barbarische Maske – die balkengeraden Augenbrauen, die schwarzen Lider, der rote Mund – eigens für ihr Treffen aufgelegt hatte oder ob sie jeden Morgen diese Verwandlung vollzog.

»Ich freue mich, dass ihr meiner Einladung gefolgt seid«, begann Tante Rose und schloss Karl großzügig mit ein. »Ich habe euch hergebeten, weil wir über das Testament von Heinrich Weil sprechen müssen. Maître Migeot war in meinem Auftrag bei der Eröffnung dabei. Ich weiß also, worum es sich handelt. Henri wollte, dass Marions Tod noch einmal hervorgezerrt und der Mensch, der ihn verschuldet hat, zur Rechenschaft gezogen wird. Ich will es euch von vornherein sagen: Diesen Menschen gibt es nicht.«

»Entschuldige, Tante Rose«, wurde sie von Karl unterbrochen. »Es gibt ihn wohl.«

»Du wirst deine Meinung noch für dich behalten müssen, bis ich fertig bin«, erwiderte sie. »Aber vielleicht sollte ich an einem anderen Ende beginnen. Dem Ende von Buchfinkenschlag.«

Sie hatte das Haus für eine lachhafte Summe verkauft. Es handelte sich eher um einen nominellen Preis, denn der Käufer war eine Stiftung, die sich für Drogenkranke einsetzte. Es gab genaue Absprachen zwischen Rose und der Stiftung. Buchfinkenschlag würde wieder aufgebaut und in ein Therapiezentrum verwandelt werden. Die vorwiegend jugendlichen Patienten sollten weitab von den Fallstricken der bösen Welt in gesunder Natur nützlicher Arbeit nachgehen. Zu ihrer Genesung würde das Roden der Wildnis, die Wiederherstellung des Tennisplatzes und des Schwimmbeckens, sowie die Anpflanzung eines neuen Zier- und Gemüsegartens beitragen – unter Anleitung des Fachpersonals.

»Für dich, mon cher, wird dann kein Platz mehr sein«, sagte Rose und legte ihre weiße Hand auf Gerswillers braune Faust. »Ich bin sehr betrübt, aber du verstehst mich, nicht wahr?«

Johann senkte den Kopf und Lina fühlte ihr Herz

stocken. Rose hatte es gewusst. Bruant, Heinrich Weil und Johann hatten geglaubt, unter ihrer Nase zweifelhaftes Grünzeug anpflanzen und halluzinogene Substanzen fabrizieren und verkaufen zu können, ohne dass sie Wind davon bekam. Sie hatten sich getäuscht. Rose war im Bilde. Lina bewunderte die Eleganz und Ironie, mit der sie es Johann nun heimzahlte: seine Hexenküche – ein Drogentherapiezentrum.

»Wir werden noch über Verschiedenes sprechen, auch über deine Zukunft. Ich bin sehr befreundet mit Dr. Munch, dem Direktor des Jardin Botanique der Universität, ein vortrefflicher Mann. Von ihm habe ich viel über die Behandlung der Pflanzen erfahren – etwas mehr als von meinem eigenen Gärtner. Théo Munch möchte dich kennenlernen, mon cher. Und nun zu dir, liebe Nichte.«

Lina erwiderte den Blick aus den schwarz geschminkten Augen und legte die Hand in den Blusenausschnitt mit dem Zweig des kleinen Immergrüns. Sie erkannten sich. Sie würden Johann nicht preisgeben.

»Du weißt, dass ich selbst keine Kinder habe«, fuhr Rose fort. »Nein – das hast du nicht gewusst? Marion? Sie war die Tochter von Alphonse, nicht meine. Eigenartig, ich dachte, das sei bekannt gewesen. Unsere Ehe war nicht mit Kindern gesegnet. Ich …« Sie drehte den Teelöffel in der Hand und legte ihn dann behutsam wieder auf die Untertasse.

»Nun, wie auch immer: Du warst, wie es in Kitschromanen so treffend heißt, ein kleiner Sonnenschein. Henri hat sich immer auf dich gefreut, wenn du uns im Sommer besucht hast, und wenn es auch nicht den Anschein hatte, so warst du mir ebenfalls herzlich willkommen. Deine Eltern haben sich nicht sehr bemüht, mir ihre Ablehnung zu verbergen, aber davon wusstest du nichts. Wenn das Linchen da war, schienen wir selbst eine Familie zu sein.« Ihre Augen lächelten. »Erinnerst du dich an die Polizei im Walde?« Lina nickte:

»Der Eichelhäher.«

»Ganz recht. – Du musst jetzt nicht unruhig werden, Karl, wir kommen gleich zum Punkt. Nimm ein Kresse-Sandwich. Das wird dir guttun.« Sie wandte den Blick wieder Lina zu. »Ich sehe dir an, dass du eine vernünftige Person bist. Mein Vermögen wird an die Stiftung für Drogenkranke fallen, aber ich habe mir gedacht, dass du vielleicht meine Möbel und anderes zu schätzen weißt. Ich besitze sehr schönes Silber und Geschirr von Spode, und das Bild über dem Kamin ist ein Singer Sargent.«

Lina lächelte breit, um nicht laut zu lachen. Ohne es zu ahnen, hatte es die Tante ihr ebenfalls elegant heimgezahlt. Sich ihrer Gier schämend, hatte Lina Onkel Heinrichs Teller, Tassen, Löffel und Servietten, die eigentlich Rose gehörten, an sich gerafft, und nun wurden ihr die fehlenden Teile auf dem Silbertablett nachgereicht.

»Ich danke dir, Tante Rose, das ist sehr gütig von dir. Ich wäre wirklich stolz auf deine schönen Sachen.« Es war die richtige Antwort. Rose nickte zufrieden.

»Und nun zu dir, junger Mann. Du wolltest mir etwas sagen.« Sie sah Karl an.

Er machte seine Sache gut, erzählte von seinem Besuch bei Fräulein Marie in Buchfinkenschlag und ihrem vorzüglichen Gedächtnis, das alle Einzelheiten des Sonnenwendfestes von 1977 aufbewahrt hatte. Er sprach mit Takt von der Szene auf der Turmtreppe und von Marions Geständnis, dass sie Heinrich Weils gewaltsamen Übergriff nur erfunden hatte, um ihm zu schaden und aus dem Haus zu vertreiben. Dann kam er auf seine Ohrenzeugin Tante Tilly zu sprechen, die sich zusammen mit ihrem Bruder Heinrich an der Suche nach Marion beteiligt und im Badehaus eindeutige Geräusche vernommen hatte, die auf Marion und – er zeigte anklagend über den Tisch – zweifelsfrei auf Johann Gerswiller hinwiesen. Der Gärtnerbursche war nicht nur der Erste, der Marion tot, sondern auch der Letzte, der sie lebendig gesehen hatte. Dazwischen war ihm jede Menge Zeit geblieben, um seine Spuren zu tilgen. Doch eins hatte er übersehen: Er trug noch immer seinen Kellnerfrack, als er Marion aus dem Wasser zog. Er musste also die ganze Nacht am Tatort gewesen sein. Karl fragte sich und die anderen, was zwischen ihm und Marion vorgefallen war. Dabei schaute er nicht Gerswiller, sondern Tante Rose an.

Tante Rose zeigte Wirkung. Sie war gegen die Stuhllehne gesunken, straffte sich aber wieder.

»Danke, Karl«, sagte sie, »ich bin sehr berührt von deinen Worten. Es wäre sicher förderlich gewesen und hätte uns viel Herzeleid erspart, wenn Fräulein Marie zu einem früheren Zeitpunkt und zu mir gesprochen hätte. Das alles wirft ein ganz, ganz anderes Licht … Aber in einer Sache hast du entschieden Unrecht und ich möchte eine solch alberne Anschuldigung nie wieder an meinem Tisch hören. Johann Gerswiller ist an Marions Tod vollkommen unschuldig. Ich habe mir nie angemaßt, das Privatleben des Personals zu überwachen. Deshalb weiß ich nicht, wie er und Marion zueinander standen, und es ist mir auch gleichgültig, weil es nichts mit dem zu tun hat, was in dieser Nacht geschah.« Sie schwieg, die weißen Vorhänge regten sich im Wind und außer fernen Straßengeräuschen war nichts zu hören.

»Ich muss euch sagen, dass Marion ein kranker Mensch war. Damals hätte ich es nicht so genannt, aber heute weiß ich es. Bruants Tochter war süchtig, als sie nach Buchfinkenschlag kam, und sie fand Mittel und Wege, auch dort an Drogen zu gelangen. Offenbar gab es sogar in unserer Weltabgeschiedenheit gewissenlose Menschen, die Rauschgift an ein Kind verkauften. Die Droge, für die sie uns bestohlen und die ihre Gesundheit und ihren Geist zerstört hat, heißt Heroin. Alphonse, der seine Tochter vergöttert hat, war blind für ihre Fehler. Er meinte, alles, was sie brauche, seien geordnete Verhältnisse. Doch von geordneten Verhältnissen versteht Alphonse so viel wie ich von seinem Immobiliengeschäft.«

Karl fühlte, wie ihm vor Schreck plötzlich taub zumute wurde, ein Gefühl, als sei er auf der falschen Seite der Autobahn unterwegs und der Fall Marion Bruant kam ihm in Gestalt eines Mehrtonners entgegen. Er hatte Rose nichts von seinem Besuch bei ihrem Bruder Catulle erzählt, weil er sie nicht verletzen und gegen sich einnehmen wollte und auch weil er aus dem unflätigen Gerede des alten Sünders nicht schlau geworden war, aber nun verstand er, was dieser mit Marions unausweichlichem gewaltsamem Tod gemeint hatte. Solche Leute – das waren Catulle selbst und Marion; beide drogensüchtig. Deshalb war ihm von der ersten Begegnung an klar gewesen, wen er vor sich hatte: einen Junkie. Und dass sie sich erniedrigen würde, um an den Stoff zu kommen. Nicht Heinrich – Catulle war hinter Marion her gewesen. Tante Tilly wusste, dass der Bruder mit dem römischen Vornamen in der Nähe von Buchfinkenschlag gelebt hatte, dass er und Rose aber einander nicht nahestanden. Nach Fräulein Maries Erinnerung waren de Poussé und Heinrich Weil keine Freunde. Vielleicht weil der im Mann seiner Schwester den Opportunisten erkannt hatte, der sich an die windstillen Plätzchen verzog, wenn es turbulent wurde. Doch eines Tages war der

Doktor in seinem Sportcoupé vorgefahren und hatte dieses verrückte dünne Mädchen kennengelernt. Vielleicht hatte er mit Marion eine kleine Spritztour unternommen. Und zum Sonnenwendfest war er auch eingeladen, der arme Onkel Catulle, der kriegsversehrte Arzt, der seine Approbation verloren hatte, weil er Rauschgift an Jugendliche weitergegeben … An Marion? Wenn er sie erpresste? Zum Sex oder was auch immer. Es gab einen Schuldigen an ihrem Tod, aber Karl hatte auf den falschen gesetzt.

Er schloss die Augen um seine Bestürzung zu verbergen. Das Mörderspiel war gelaufen. Er hatte nicht aufgepasst und war draußen. Vor Tante Rose und diesem Gerswiller hatte er sich unmöglich gemacht und Lina würde wieder etwas Schlaues sagen wollen über Leute, denen am Verlieren nichts liegt. Sie, die alte Schusselline, die absolut nichts zum Aufspüren des Schuldigen beigetragen hatte und dafür einen Singer Sargent abstaubte.

»Ich habe mich bemüht«, hörte er Rose sagen, »aber Reden und Vorhaltungen waren kein Mittel, Marion von ihrem Weg abzubringen. Und Henri glaubte mir nicht. Vor ihm spielte sie den Unschuldsengel. Wer von uns hätte ihr helfen können? Ich war in diesen Dingen so unerfahren. Natürlich sah ich, dass ihr Verhalten krankhafte Züge hatte, aber sie wehrte sich mit Händen und Füßen, als ich unseren guten alten Doktor Fuchs ins Haus bestellte. Sie behauptete, ihr sei schlecht, weil sie zu lange in der Sonne gelegen habe. Oder ihre Monatsregel sei schuld. Und danach mied sie mich, so gut sie konnte. Inzwischen weiß ich ein wenig mehr. Ich habe mich lange mit den Ärzten der Drogenstiftung unterhalten. Marion zeigte alle Symptome eines vom Rauschgift beherrschten Menschen; die kurzen Phasen, wenn sie wie beseligt wirkte, und die langen elenden, wenn ihr das Gift fehlte. Ich habe gelernt, dass Heroinsüchtige nicht mehr Herr ihrer Sinne sind. Sie verlieren die Kontrolle über ihren Körper und ihre Bewegungen. Ich bin davon überzeugt, dass Marion im Drogenwahn gestorben ist, als sie ins Wasser stürzte und ertrank.«

Lina blickte über den Tisch zu Johann, aus dessen Gesicht das Leben gewichen schien. Er hatte Schatten um Mund und Schläfen und sah aus, wie ein Mann, neben dem ein Blitz eingeschlagen hatte, der eigentlich für ihn bestimmt war. Rose wusste es, aber Rose wusste nicht alles. Sie wusste, wie jeder in Buchfinkenschlag, dass er und Marion ein Paar waren. Vielleicht war sie nicht einmal überrascht, ihn am Morgen in demselben Frack zu sehen, in dem er am Abend zuvor ihre Gäste bedient hatte. Sie wusste vom Gewächshaus, aber sie wusste nichts von dem tödlichen Experiment mit den Engelstrompeten. Doch mit der Zeit und wenn sie darüber nachgedacht hatte, würde Rose begreifen, was Johann ihr seit dreißig Jahren verschwieg. Seit der Nacht, in der Marion ertrank, wusste er, dass sie eine Szene gespielt hatte, um Heinrich Weil zu blamieren und zu beschuldigen. Zusammen hatten die beiden im Badehaus über die blöden Alten gelacht.

Johann hatte zugesehen, wie in Buchfinkenschlag alles auseinanderbrach. Kein Wort zu Rose, das ihres und Heinrich Weils Unglück hätte abwenden können. Stattdessen die gehässige Geschichte von der versuchten Vergewaltigung, die er jedem erzählte, der sie hören wollte; auch zwei dahergelaufenen Frauen. Nur damit seine verdammte Hexenküche nicht aufflog, sein wüster Garten, »der auf in Samen schießt«.

Mein armer Johann, dachte sie, mein Giftgärtner, mein Pfadfinder, und wie du schuldig bist! Wie hast du es dreißig Jahre lang mit diesem Wissen ausgehalten? Allein in deinem Garten als alter Hagestolz und Hüter des zerstörten Buchfinkenschlags. Als sei es deins. Nichts hast du behalten, nicht einmal deine Selbstachtung. Ihr fiel das Gedicht ein, aus dem er eine Zeile aufgesagt hatte, bevor sie nach Straßburg gefahren waren, über den Regen und einen Kerl, der sich selbst zuwider ist.

Warum hatte er ihr verheimlicht, dass Marion nicht die Tochter von Rose war? Dass sie am Heroin hing. Und er? War er auch abhängig? Hatte er die Drogen besorgt? Gehörten auch die harten Sachen zum Männergold, zur Würze des Lebens? Eine kleine Aufhellung des Gemüts an den langen Winterabenden, oder ein nicht endender Horrortrip? Lina wusste, dass sie auch auf diese Fragen keine Antwort bekommen würde. Immer nur die halbe, nie die richtige Geschichte. Sie würde warten, bis es vorbei war und ihr Kopf wieder entschied. Dann würde sie ohne Zärtlichkeit an ihn denken können. Zumindest hoffte sie es. Sie wandte das Gesicht zum Fenster. Die Spitzengardinen wischten im Luftzug über den Boden und fielen matt zusammen; niemand war gekommen; niemand sprach.

»Eines verstehe ich nicht, Tante Rose«, sagte sie schließlich, »warum war Onkel Heinrich so fest davon überzeugt, dass es kein Unfall und kein Selbstmord, sondern ein Verbrechen war? Warum hat er uns Dilettanten und sein ganzes Erbe darauf gesetzt, das zu beweisen?«

»Ach, Kind«, sagte Tante Rose. »Henri kannte Marion nur als das fröhliche, unbeschwerte Mädchen, das höchstens mal an der Erdbeerbowle nippte. Natürlich hat sie mit ihm kokettiert, aber sie war ja noch so jung, gerade fünfzehn, und natürlich hat ihm das gefallen. Er fühlte sich für sie verantwortlich, aber er war wirklich mehr im Wald zu Hause als in der Welt, und es erschien ihm vollkommen undenkbar, dass sie nachts allein in den Park lief, ins Schwimmbecken fiel und ertrank. Oder sich das Leben nahm. Ihr Kleid lag am Beckenrand. Er hatte ihr nichts angetan. Ein Fremder musste ihr aufgelauert haben, ein entsprungener Wahnsinniger, ein ertappter Einbrecher, ein Mörder, der sie vergewaltigt und danach ins Wasser gestoßen hatte. So dachte er. Die Polizei hatte es aufgegeben, den Täter zu suchen, aber er konnte nicht vergessen. Er hat dreißig Jahre lang an ihn gedacht.« Sie lächelte traurig.

»Die Vergangenheit ist eben etwas Bleibendes, nicht wahr? Henri hat versucht, mir seine Unschuld zu erklären, aber ich wollte seine Briefe nicht lesen. Stattdessen hatte ich Marion geglaubt, als sie ihn vor mir anklagte. Warum glaubt man einem aufgelösten Mädchen? Weil Mädchen schwach und Männer gewalttätig sind? Wie töricht, so zu denken. Nein, ich war es, die nicht zuließ, dass sein Name reingewaschen wurde. Am Ende habe ich sein Leben zerstört.« Sie neigte den Kopf. »Ich bin der Ansicht«, sagte sie leise, »dass Henris dreißigtausend Euro bei der Stiftung wilder Wald oder wie immer sie heißt, gut aufgehoben sein werden.«

Sie wechselte einen langen Blick mit Johann. Er nahm ihre Hand und küsste sie.

Sieben Wochen später starb Rose Bruant. Der Agapanthus war verblüht, aber Astern, Dahlien und Sonnenbräute schienen bereit, sich für die Gärtnerin in einen herbstlichen Farbenrausch zu stürzen. In der

Speisekammer des Hotels Augusta standen frisch etikettierte Gläser mit Pflaumenmus, Brombeergelee und Stachelbeermarmelade auf den Borden.

Lina hatte ihrer Mutter das Teegeschirr mit den Chinarosen versprochen, wenn sie noch einmal die Rezeption bewachen würde, und Berta war am Abend vor der Beerdigung widerspruchslos und mit einem großen Strauß erdig duftender messinggelber, tiefvioletter, rostroter und finsterbläulicher Blumen erschienen, der als letzter Gruß an Rose, die romantische Pastellgärtnerin gedacht war.

Im Frühstückszimmer hatte Lina zuvor die Photos der buddhistischen Mönchsroben von der Wand genommen und statt ihrer das Porträt von Singer Sargent aufgehängt: die andere, die dunkle Rose, die dem Betrachter aus ihren Schlehenaugen ernst und erwartungsvoll entgegenblickte; vor ihr die Unordnung des Lebens, hinter ihr ein Vorhang aus schwerem Taft.

An diesem Freitagmorgen zog Lina ihr schwarzes Kostüm an, stellte den Blusenkragen hoch, legte Bertas Blumenstrauß auf den Beifahrersitz und fuhr nach Straßburg. Ans Revers hatte sie einen Zweig Immergrün gesteckt. Es war ein nasser Tag und die meisten Trauergäste hatten sich unter dem Vorbau der Kapelle untergestellt. Die sich kannten, nickten einander schweigend zu, denn was ließ sich über den Tod einer Hochbetagten sagen, die eines Abends eingeschlafen und entgegen ihren Erwartungen am nächsten Morgen nicht wieder aufgewacht war. Die Gespräche handelten vom eigenen Tod, ob man in die Grube fahren oder verbrannt werden, ob man im Wald oder im Meer enden wollte und ob ein Baum oder ein Buchs oder gar nichts an die verschwundene Person erinnern sollte. »Du wirst bitte keine Eisbegonien auf mein Grab pflanzen«, sagte eine Dame zu ihrem Mann. »Eisbegonien nicht über meine Leiche! Und kein Saint-Exupéry!«

Johann Gerswiller stand allein auf dem Vorplatz. Der Regen lief ihm durch sein langes schwarzes und graues Haar. Er hielt sich ein wenig gebeugt. Über dem Unterarm trug er einen kleinen Kranz aus weißen Rosen und den Griff seines zusammengeklappten schwarzen Schirms. Ô bruit doux de la pluie, dachte Lina. Sie wusste inzwischen, wie das Gedicht von Verlaine weiterging: Es gab keinen Grund, zu weinen, und doch konnte man dem Regen nicht wehren, der einem »ins Herz tränte«, wie er auf die Erde und die Dächer fiel. Als sie lächelnd auf ihn zu trat, nickte er leichthin und ohne Überraschung, als träfen sie sich regelmäßig auf Beerdigungen.

»Geht es dir gut?«

»Ganz gut. Rose hat für mich gesorgt. Wie immer. Die Arbeit ist okay, der Botanische Garten gar nicht so übel; ziemlich klein, aber gut beieinander und ein paar ganz abgefahrene Pflanzen.«

»Tatsächlich? Nicht nur hübsch und harmlos?«

»Nicht nur.« Er sah auf ihren Blumenstrauß. Für einen Augenblick bohrte sich das Grübchen in seine linke Wange.

»Du hast Aconitum carmichaelii mitgebracht.«

»Du redest wie meine Mutter.«

»Die Sprache der Blumen«, sagte er, »Herbst-Eisenhut.«

»Ist das jetzt wichtig?«

»Nein. Vergiss es. Ich rede nur so daher.«

»Wie steht es mit Buchfinkenschlag? Deinem Garten?«

»Keine Ahnung. Baustelle vermutlich. Ich habe meinen Kram gepackt und bin abgehauen. Schätze, die Junkies räumen gerade das Gewächshaus auf. Hoffentlich kann das Fachpersonal eine Belladonna von einer Begonie unterscheiden.«

Sie wartete, ob er sie etwas fragen wollte, aber er fragte nicht. Also sprach sie weiter. »Kennst du hier jemanden? Für mich sind das alles fremde Gesichter.« Er deutete mit dem Kinn auf die zusammenstehenden Grüppchen.

»Das sind fast alles Honoratioren, Leute von der Drogenstiftung; der mit der Brille ist mein Chef Théo Munch, der Direktor des Botanischen Gartens, mit einem Typ von den Konservativen aus dem Europaparlament. Da drüben, das sind irgendwelche Kulturschaffenden und ein paar Pressefritzen. Die anderen kenne ich nicht. Bruant ist übrigens auch da. Seine Bodyguards hat er diesmal zu Hause gelassen.«

»Bruant, der alte Ganove«, sagte Lina. »Hast du deine Kupferstiche zurückbekommen?«

»Nein«, erwiderte er, »aber ich bin gerade dabei, mich für meine Verluste zu revanchieren.« Sie schwiegen; er sah auf das Immergrün an ihrem Revers, dann wandte er den Blick ab, grau um Mund und Schläfen.

»Da kommt der Pfarrer«, sagte Lina. Sie legte ihm leicht die Hand auf den Arm mit dem Rosenkranz.

»Adieu, Johann. Pass gut auf dich auf.«

»Lina.«

»Ja?«

»Leb wohl, Lina.«

Alphonse Bruant wurde am Montagmorgen gefunden. Es regnete noch immer. Er hatte drei Nächte in seinem Kot und Erbrochenen im Garten von Buchfinkenschlag gelegen, ehe zwei Mitarbeiter der Baufirma, die das Haus restaurierte, auf seine Leiche stießen. Alle Symptome wiesen auf eine Ricin-Vergiftung hin. Die Obduktion ergab, dass er den Samen der Rizinuspflanze nicht gegessen hatte, sondern dass das Gift über eine Verletzung am Fußknöchel in seine Blutbahn gelangt war.

Die letzten, die ihn lebend gesehen hatten, waren der Bauarbeiter, der am Freitag das Tor von Buchfinkenschlag geschlossen hatte, und die Trauergäste auf der Beerdigung von Rose Bruant in Straßburg. Die Polizei war dabei, die Zeugen zu befragen. Sie ging von einem Gewaltverbrechen aus und bat um Hinweise aus der Bevölkerung.

Es gab nur drei Menschen, die etwas über seinen Mörder hätten sagen können, aber Rose war tot, Lina schwieg und Berta Weil, die wusste, dass Gärtner ein nachtragendes Pack sind, wurde nicht gefragt.

Ich verdanke *Andreas Maier die wahre Geschichte eines jungen Mannes, der sich am Frankfurter Mainufer einen Sud aus Engelstrompeten gebraut hatte, nach dessen Genuss ihn ein euphorischer Bewegungsdrang und Hitzewallungen überkamen, die er im Fluss zu kühlen suchte und dabei ertrank. Der leer stehenden Fabrikantenvilla im pfälzischen Finkenbach-Gersweiler verdanke ich einen starken äußeren Eindruck. Alles Übrige ist Fiktion.*